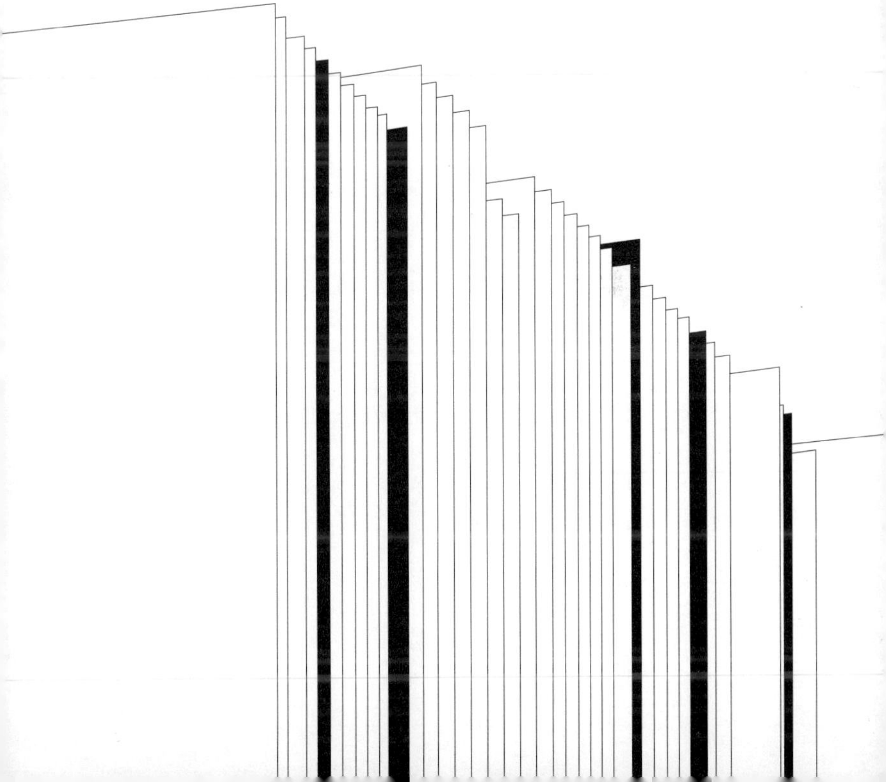

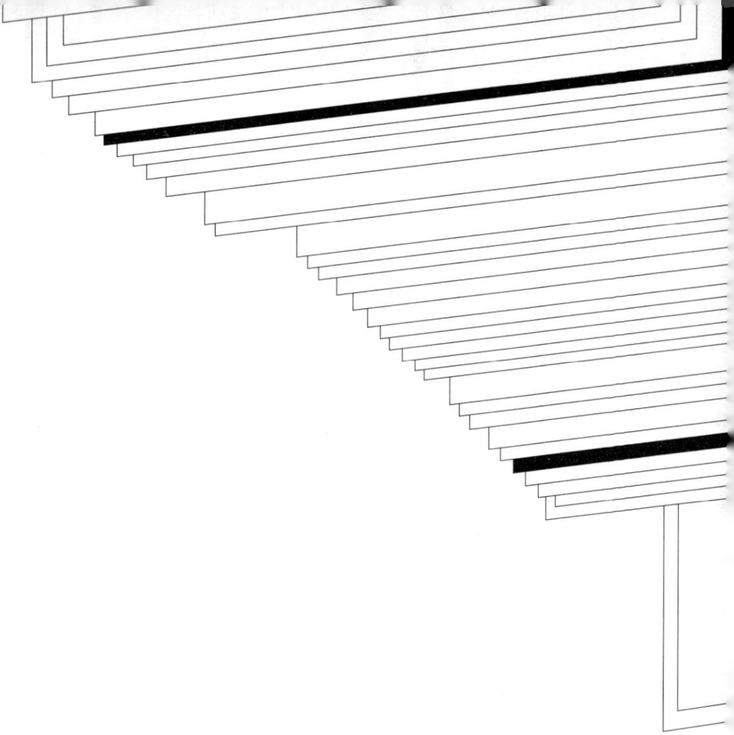

君子豹变

我的读书笔记

2016-2018

樊国宾 著

作家出版社

君子豹变
哲思为上

丁帆
中国现代文学学会会长

去年看到本门群里发来一篇国宾的文言散文，让我大吃一惊，虽然我一直都知道他的笔法十分老辣，但还是被其遣词造句的堂奥精准，其知识结构的博大广袤，其哲学思想的精深通达所震撼了，以至于对自己的随笔写作打上了一个大大的问号：散文写作者如果没有足够的文史哲的学养储备，岂不就是一个跛足的行者？

近现代散文一直遵循“形散神不散”的通例，殊不知，散文也是分三六九等的，窃以为，可分画皮、画肉、画皮及肉三种，后者为上品，而能够超越这三种境界者，那一定是有魂灵的极品，而这绝不是那个形之上的“神”所能概括的，这个“魂灵”就是我们几十年来散文创作最缺少的“哲思”元素。一个散文高手总是把他形而上的哲学思考隐藏在形而下的文学描写之中，遁于无形的字里行间之中，幻影之下，感人肺腑，夺人魂魄，这也许就是散文“活魂灵”的诗学罢。而国宾的散文就是朝着这个方向努力前行的。

想当年，国宾来考博时，我一眼看中的就是他老到的文字。也许是他做编辑的缘故罢，总觉得他的阅读量是常人所不能企及的长处。而在读博期间，他们两届的“四个和尚”却偏离专业，沉迷于哲学，整天在宿舍里争论许多现代和后现代的哲学命题。我一直笃信文史哲不分家对一个学者的学养和开阔视野的养成是有极大益处的，所以从不干涉他们“不务正业”的行径。但我则不知道国宾对历史专业也有着极大的兴趣，其高考时的历史和地理成绩很高，难怪其行文之中历史掌故的运用信手拈来，使我立马想到的是“补白大王郑逸梅”，与掉书袋的郑逸梅不同的是，国宾对历史典故的运用不是一文一事的补阙，而是“天女散花”式的集束阐发，且一定皆是辐射至哲思层面的表达，其格调立判高下。

“君子豹变”是国宾的微名，用作这本书之名，其义亦深，君子豹变语出《易经》，但用国宾的阐释来说则更有意思：“豹变，意味着一场从‘自在自我’向‘自为自我’、‘本然之我’向‘应然之我’发起反拨的伟大战役。豹变，是因为日常生活和大江大河之间，总存在着某种古老的敌意。”所以“我们必须在重塑法则和欲望的关系中重塑激进的审美传统，在如豹之变的进化争夺中把自己颠倒了的镜像再颠倒回来，恢复身上被生活世界掠夺走了的力量。”这种理想主义的呐喊正是我们这个时代所稀缺的精神。

作为一种“私人阅读笔记”，它记载的是樊国宾这三年来在读书、编辑和写作过程中的思考，从2016的“泥地里的蝴蝶”到2017的“拒绝内心溺亡”，再到2018的“君子豹变”，我们在这种几乎是“语录体”的文字的缝隙里看到的作者思想的嬗变过程：在思想火花迸发出的碎片中，在一鳞半爪的历史钩沉中，在极简的人物速写中，我们寻觅到的是一条从潺潺流水的小溪汇入奔腾咆哮的大江大海的思想河流。它不是“一句顶一万句”的口号，却是可以启迪人生思考的箴言。徜徉在这条思想的河流之中，我们虽然不能抵达理想的彼岸，却也能够从中得到某种人生的启迪和价值的暗示。

收在这本集子里的文字，最长的也不过两千字，只有一篇；绝大多数都是在五百至一千字之间；而最短的《〈庄子〉三句》《〈列子〉三句》《〈孙子兵法〉三句》《〈世说新语〉三句》竟然只有百余字。它们都是高度凝练，且简洁明快地解释清楚了其思想精髓，但绝非一般释文所能及也，因为它们代入了作者对当下生活的人生思考。

读国宾的笔记体散文，虽然笔墨极简，却是气象万千，在短短的行文之中，你却能够感受到作者在古今中外、天南海北、海阔天空的叙述中纵横捭阖的扑面气势滚滚而来。时间、空间在这里既是流动的，同时也是凝固的。所谓流动是文字的跳跃性极大，带来的知识信息量也就十分繁杂广博，没有深厚的传统与现代的知识储备者，就很难进入强大的语境叙述的背景之中，也就不能完全读懂其中之深味。所谓时空的凝固，就是把所有的描写都聚焦在“魂灵”的阐释中。

读书能够读出书籍以外的许多东西，那才是读书的上品，一篇读戈斯登《走出黑暗——人类史前史探秘》，竟读出的是《北大西门保安爱问的三个问题》，而最终回答的却是三人墓葬中的一个虚构小说素材的“哥德巴赫猜想”。像这种题目与内容极不搭调的篇什甚多，只有最后悟出了文章的“魂灵”所在，你才能会心一笑。仔细回味，许多历史掌故和人物勾画深意盎然，其中可以寻觅到对当下社会与人生的满意答案，这就是2016年读书困惑中的执着追求：“即便被踩在泥泞的地上，也要做一只蝴蝶”的读书志向。这也是他在《青年的草履虫化》中的表白：“可这个美好时代里青年的集体犬儒化与草履虫化，细想起来，比韦君宜的悔痛，还要惨烈。”所有这些，聚焦在人性的聚光灯下，便让这些文字鲜活起来了：“在辽阔的自由里，与生命握手言和；在辽阔的自由里，以生命的光辉沐浴他人。”其全书的要义便凸显出来了。

卒章显志的手法也许是过于老套的散文笔法，但是用于解码这种用典较多的文字而言，却是大有益处的。看上去是很平实活泼的篇名，却是藏着那么多的典故，一般的读者只能从最后的释语中领悟到文章的妙处了。《醉鬼开的车，您敢坐吗？》《当年打开北大考卷》《老实巴交，只会举旗子吹哨子》《我越是爱她就越想伤害她》《原来列宾很蹩脚》《他的思索却被遗忘了》《编辑的水平就是出版社的水平，“社格”因此形成》《智识上的义和团》《又是一个终身未娶的男子》《我人生中的“莫比乌斯带”》《私下给自己的比喻是“约伯”》《全世界的懒汉们联合起来！》《“冷漠”的精神趣味》《大话很脏》《读书人其实是一种脂肪》《黄依依到底死于谁手？》《白崇禧暗呼“完蛋了”！》《一粒微尘五类蠢货》……这些文字背后的东西才是我们需要得到的答案：在弄权者、生意人、虚荣者、僵尸学者和工蚁这五类蠢货之中，我们与作者一起反思自己能否是一个“例外”呢？！同样是写钱谦益与柳如是在水边的那个故事，樊国宾用极简的画面与对话留下的是一个小说结构的巨大空间，飞白处留下的不仅是人性的思考，更是一个知识分子人格操守的评判。其手法比我原先写这段历史要高明得多。

国宾虽然是一个出版部门的领导，却是一个澄怀观道的士者，更是一个富有现代人文思想的理想主义者，我想，以其《如果没有过，真是白活了》最后的一句话作为此书序言的结束，应该是不错的：“——这情形是我的想象，爱是残缺和无望的才好，那种凄艳的爱，如果没有过，真是白活了。”窃想，这爱恨情仇于个人的遭际如此，于一个时代的命运也因如此，因为我们无可选择地生逢这段历史，于是又不禁想起了狄更斯在《双城记》里的那段名言。

是为序。

2019年3月30日写于和园F区

3月31日改于旅途机上

目录

2016
泥地里的蝴蝶

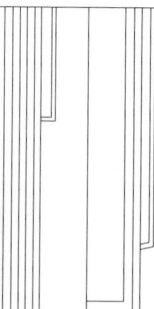

2017
拒绝内心溺亡

2018

君子豹变

2016
泥地里的蝴蝶

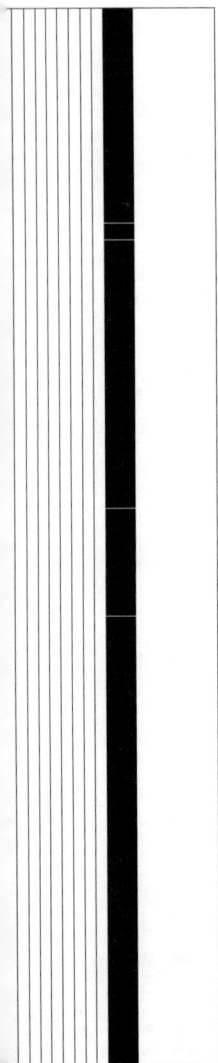

“我现在还活在人们所在的人间。

却奔到了泽地，芦苇和泥泞

死死缠住了我，我倒下了；我看到

地上积了一滩筋脉中流出的血。”

——《神曲·炼狱篇》

2016年春，经历过此前两年但丁式的炼狱后，我在前往德令哈的旅行途中又遭遇了一场来自酷烈人心的冰雹。

伫立于托素湖畔的外星人遗址前，忽然想起邵洵美这个人。

用黄永玉的话说，邵洵美后来像一只美艳的大蝴蝶被踩在泥泞的地上。然而惨痛的是，即便被踩在泥泞的地上，他也要做一只蝴蝶。

人在名位上，遭遇的阴邪苦痛会更多，因此更容易被来之不易的美弱打动。恶见得多了，就不恼了，反生怜悯。

这一年的读书，便在沉郁中开始有了一丝亮色。

蚕化蛹时，体色为淡黄色，蛹体嫩软。渐渐地就会变成黄色、黄褐色或褐色，蛹皮也硬起来了。蛹在壳内奋力地挣扎，忍受着身体无比的剧痛，不断地膨胀，壳内的液体支持着最后一丝润滑，终于壳轰然破裂。

一只稀有的海伦娜闪蝶，身上涂敷着庄严的贵族蓝，扑棱着翅膀飞了出来。

目的地：自由。

二〇一六年一月一日

读《天下体系：世界制度哲学导论》 赵汀阳 著

读《大唐新语：历代笔记小说大观》 〔唐〕刘肃 著

《天下体系：世界制度哲学导论》。哲学家、教授赵汀阳思考中国和世界的随笔合集。

《大唐新语：历代笔记小说大观》。唐朝人刘肃仿刘义庆《世说新语》体例写的书，记载了唐代名士轶事，兼及鬼神。

醉鬼开的车，您敢坐吗?

先讲两个故事:

去河南内乡县衙玩，见二堂上方悬挂了一块匾额，上面三个大字:“琴治堂”。

这三个字出自《吕氏春秋》中一个典故，话说山东单父有个县令叫巫马期，每天鞠躬尽瘁死而后已累个半死，政绩不过尔尔。另一个县令宓子贱任县令时，每天弹琴取乐，悠闲自得，却把单父治理得政通人和，秩序很好。于是后人用“鸣琴而治”来称颂他知人善任，以简驭繁，给二堂挂了块匾叫“琴治堂”。

宓子贱是孔子最喜欢的弟子之一，孔子认为他尊君守礼，有孝悌之德，遵守天命，知趣高雅，精于六艺，以德服人，可以称为君子。

另一个故事是这样:

卢承庆是唐高宗总章初年的吏部尚书，负责朝廷各内、外官吏的稽查考核工作。

有一位负责督运朝廷物资的官员，因途中

遭遇大风浪损失了若干粮米，卢在为他做考评时批示说:“监运损粮，考等中下。”

这位官吏却表现得泰然自若，没说什么，转身告退了。

卢觉得此人很有雅量，值得尊重，马上将考绩改注为:“失粮乃非力所及，考等中中。”

不料这位官吏知道此事后，仍一如上次那样沉稳，既无欢荣形诸面，亦无谦辞出诸口。卢对此特别欣赏，最后便将其考绩改为:“荣辱不惊，考等中上。”

后世评点这段史事时，大肆赞誉卢承庆宽宏忠恕的气度，同时赞赏那位被考核官员的“荣辱不惊”。

此事载于《大唐新语》之《容恕篇》。

上述二人，可谓中国伦理与政治传统中典型的的圣人“权变”实例。

史上将“权变”化演至最高境界者，当推两位获得立德立功立言之全能冠军的王阳明与曾国藩。

王阳明的“致中和”，意思是为人处事别走极端，才能做到方正公允合情合理。

曾国藩说，西方国家一定会灭亡，因为“法网太密”，最后社会就给捆死了。

近年德国难民潮、英国退欧、美国总统选举等问题，如果拿曾文正公的尺子去量，就是西方的法制文牍过于细密精准，反得其咎。譬如英国对欧盟的批评意见中就有法网太密的说法。

儒家则认为世事就像白云苍狗千变万化，仅仅交给法治是对付不过来的，那是懒政。

只有让圣人去管事，去裁决，有经有权，随时权变，才治得了天下、管得好苍生。

中国人最倡导“中庸”，实践中却处处矫枉过正。于是在“圣人”理想的教化下，历朝历代“清官崇拜”绵绵不绝。

问题出来了：像海瑞这类清官，你不能说他没有“大德”，内外兼修，表里如一，浑身上下都笼罩着光环。可是遇到现实俗务时，此类清流毫无“致中和”的智慧，在官场上处处电光石火，军国大事如果最后听他们的，那铁定死了都来不及骂一声“坑爹”，比如崇祯轻信袁崇焕，光绪盲从翁师傅。

而曾国藩能最终成就内圣外王之大业，与他“和光同尘”“允执厥中”、深沉稳健的性格修为直接相关。不硬来，善于与不合理的现状妥协。以慷慨之心做公正之事的同时，也是善于调和鼎鼐、燮理阴阳的高手，不露声色，一切搞定，这种境界叫“垂拱”。

我读曾国藩奏折，对他的苦心真是佩服到拍案：

《曾国荃因病请开缺回籍调理折》对真正的深层原因一字不提，把不重要的表面原因说得淋漓尽致；《剿捻无功请暂注销封爵片》自贬反得不贬，此乃官箴背后的“机巧”；《复审凶犯行刺马新贻缘由仍照原拟分别定拟折》则委婉不厌，大功夫藏在小细腻中。

曾国藩身上的清与浊，真是难以彻底说明白了。晚清的恶腐烂局中，他“不假不成”，以拙胜巧，宗经而不舍权变。能做到“虽伪实真”可谓极不容易，堪称奥妙无边。

曾国藩晚年秘书赵烈文说：“（曾国藩）历年辛苦，与贼战者不过十之三四，与世俗文法战者不啻十之五六。”意思是说曾国藩虽然以平定洪杨永载史册，然而他的一生，与农民军作战所花费精力不过十分之三四，而与官场作战所花费的精力却是十分之五六。

可见权变不容易啊，既需要通晓诡诈之术，又必须同时是道德上的圣贤。

由圣人来把持经权之变，比西方的法治更加灵活和精准——假定这观点打个六折后有道理，我感觉它很类似社会上一种“酒后开车判断更精准”的观点。

不循规则只凭感觉去治理国家的人，和喝醉以后开车的人差不多。何况开的还是公共汽车。

古代中国的德化社会，通过举孝廉或“圣人选拔赛”，把“圣人”推举到各级管理层，依靠他们的权变去经天纬地。问题恰恰出在这里：万一那位置上面的尧舜是假的，是刚洗完澡的猴子，最终就并非圣人在权变，而是道德水平和大家差不多甚至更糟糕的猴子在权变。

人心惟危，不因肉躯相似而相似，经权思想对中国的影响，总体看应该说是害大于益。中国式道德悖论在于：崇尚集体主义，却没有公共精神；最服从权威，却不守规矩。古代国家权力长期以来作为道德审判机构，不停地去干预个人的“道德”，在哈耶克看来这样的社会一定是不道德的。

读读历史就知道，当一个古代政权开始大力提倡道德自律、塑造廉吏楷模时，就说明权力的公信度已经衰微，“塔西佗陷阱”已经悄悄产生。

正如历史学家李新先生所谓“清官乃不祥之物”。

道德汹汹的闷雷响起时，暴雨山洪其实就不远了。

醉鬼开的车，路再好，车再贵，你敢坐吗?

我承认我不敢。

赵汀阳雄心勃勃，他提出的“天下体系”把“世界”看作一个最大并且最高的政治单位，同时也就成为一个思考所有社会／生活问题的思想分析单位，提供了超越“民族／国家体制”的更高文化视角，进而解答了康德“世界理想”的局限以及霍布斯的“丛林假设”难题。

读罢此书一开始觉得很兴奋，非要寻找敌人或对立面吗？像宓子贱县令那样靠吸引人而不是征服人的理念去治理天下，以己化他，难道不就解决了“自由/秩序”的二律背反吗？老子所谓“以身观身，以家观家，以乡观乡，以邦观邦，以天下观天下”，即可毕其功于一役。

但问题在于经过两千年试验，儒家的家国天下理论是一个事实上总也做不到的乌托邦，它有着实践上的局限性。老子的这个方法论原则明显地意味着每一层次的政治单位都可以从自身获得自己的合法性，并不需要到上一层次或者下一层次去寻找自身合法性的依据。那么天下还有没有文化边界？

不管怎样，赵汀阳提出了一个有当量的“爆款”问题。

有时候，问题的提出比问题的解决更有意义。就好比化学诞生之前，很少有人置疑炼金术。

二〇一六年一月三日

读《敦煌学概论》

姜亮夫 著

《敦煌学概论》。根据姜亮夫在一九八三年的讲课录音整理而成，是我国第一本讲述敦煌学的简明教材。

当年打开北大考卷

当年打开北大考卷，当即应了那句北京土话“晕菜”，其中一道题是要解剖《彊村丛书》（清代朱孝臧辑，该书是一部研究词学的重要资料，收唐宋金元词集一百七十九种。在这里，“彊”是古代“强”的繁体形式）的曲子词……后来才知道，这是敦煌卷子里发现的唐末五代佚词。

敦煌学之堂奥深深，实在于其记录了唐之前中国文化经典之原貌。例如后汉以来，《道德经》主要流传有两种注本——王弼（三国时期人物。经学家、哲学家，魏晋玄学的主要代表人物及创始人之一）注本与河上公（传说中的神仙，黄老哲学的集大成者，开创“方仙道”）注本，敦煌着重是附录了道教《洞玄经》（道家音乐《洞经》）等河上公本；《论语》一直到20世纪中叶还只有何晏（魏晋玄学的创始者之一）注的本子，但姜亮夫在巴黎时深夜一点被激动之中的王重民（中国古文献学家、敦煌学家）敲门惊醒，才在伯希和（法国人，汉学家、探险家。1908年，前往中国敦煌石窟探险，购买了大批敦煌文物，带回法国，现在大部分藏于法国国家图书馆博物馆）带走的那批卷子里发现了皇侃（南北朝时期儒家学者，经学家）注的本子，皇侃把两汉和魏晋之间所有人讲《论语》的要点都收录进去了。兴奋之余，他们拍成缩微胶卷寄回国内，请商务印书馆赶紧出版，国内的所有老先生全乐疯了，章太炎连呼“一生再没见过这么好的书！”

——这只是九牛一毛，王道士发现的151号窟里这些宝藏可堆砌达5000立方尺！知道敦煌的价值了吧！

伯希和带走的精品是在巴黎，斯坦因（著名考古学家，国际敦煌学开山鼻祖之一。他四次深入中亚考察，考察重点是中国的新疆和甘肃）和大谷光瑞（日本探险家、历史学家、僧侣华族）还有大量。政府最后重视起来运回北京的那批价值不大，都是佛经写本。此外还被当作药引子卖到民间很多，烧成灰被病人喝了。

姜先生从中还发现美洲是被东晋高僧法显首先发现的，激动之下写文章拿去给伯希和看，伯希和极不耐烦说“不可能不可能不可能”，竟就此没了下文。这件事我怀疑是姜先生民族自豪导致的自昏。

姜用力最勤的是《敦煌志》，在西安写成后寄往成都，不久邮局通知说一条船在汉口至重庆的航道上被日本飞机炸沉了，《敦煌志》喂了鱼。1945年后他在上海看到大谷光瑞的《敦煌文集》，觉得缺憾很多，更觉飞机与鱼的可恶。

唉，南无阿弥陀佛！

不过，敦煌学告诉我们：“南无”二字不读NanWu，应该读NaMo。敦煌文献被劫掠后，我国的学术也跑偏了，难怪陈寅恪说是伤心史。

读《吕著中国通史》 吕思勉 著

《吕著中国通史》。吕思勉先生在抗日战争时期为了教学而编写的教材。

班固不配写历史

儿时读过吕思勉的四部断代史。当年幼稚简傲，不喜文言叙述，囫囵求其大意间，对老头的渊懿不群暗生几分钦佩。

如今两鬓星星岁，冷心听雨客船中，便觉得周汝昌好，顾随好，吕思勉好。

吕思勉特别瞧不起班固，认为他无识见，不懂历史是公器，把《汉书》写成了私家物谱，他根本就不配写历史。

失荆州，怨不得关羽刚愎贪功，刘备不帮刘璋北取张鲁，反而心计太工，急于反噬刘璋，客观上给曹操腾出了平定关中和凉州的时间，于是不得已令关羽出兵牵制，这才是祸根。

吕老足够委婉曲折，但我不同意他的是：刘备对根据地的渴望有错吗？虽说心计过工反招失败，真正阅历多的人不若少用机谋，循着正义应对一切即可。但刘备也不愿意关羽死啊。

少不读“三国”，意思是“三国”的权谋政治太多，年轻人容易挫了真气。因为政治是社会上有了矛盾才被需要的，因此政治家对付的全是贪婪、强横、狡诈的人，缺乏手段可不行。一个大政治家往往是一个时代大局安危之所系，要用一种势力压服另一种势力，虽不是战争，性质与战争无异。

说到政治，政治的事情最宜“气疏以达”，即把各方面的意思都反映出来，最忌锁闭视听，取快一时。官做得越大，其志向愿望就应该越大，其为人为众的成分就应该越大，其自为自私的成分就应当越少。一个盖世英雄，磊磊落落，如日月皎然，不会整天操心自己的子孙与禄位。

莫要看轻了豪杰，能做一番大事业的人，总有一段真挚的精神在其中——王阳明，你说得好！

二〇一六年一月九日

读《明季党社考》

〔日〕小野和子 著

《明季党社考》。小野和子以『无一字无来历』的严谨作风，旁征博引，遂成此书。

慷慨块垒男子

“东林党”缘起于对张居正夺情与“考成法”（由张居正上疏请行，核心内容是“各部院注销文册，有容隐欺弊者，科臣举之。六科缴本具奏者，臣等举之”）的不认可，经“隆庆和议”、李三才（很高调，多次以“辞职”表达自己的立场，后来因李三才的任用问题引起了明朝廷的“东林党争”）擢任、对决“阉党”，余脉到“复社”。以下问题值得深思：

1. 细读《万历邸钞》和《万历疏钞》，对弄清“东林党”形成过程至关重要。

2. 孙文“五权”概念中的监察权，萌芽于“东林派”，但也只是对君主权的限制与言路独立扩张的天真念头。

3. 君子唯恐小人非难，为对抗小人，东林复社积极组成“朋党”，是对《尚书·洪范》所谓“无偏无党”、《论语·卫灵公》所谓“矜而不争、群而不党”的行为反驳，君子为朋、小人为党的利世害世之论，真可以诘问了。

反正，这几十年倒真是出了许多“慷慨块垒男子”。

梅澹然真的爱过他吗?

二〇一六年一月二十八日

读《红雨：一个中国县域七个世纪的暴力史》

〔美〕罗威廉 著

《红雨：一个中国县域七个世纪的暴力史》。本书是美国约翰·霍普金斯大学历史系教授罗威廉对麻城地方史的研究之作，从元末农民大起义开始写起，到二十世纪三十年代的第一次国内革命战争结束。

麻城（位于湖北省东北部，“八大移民发源地”之一），值得专门去一趟。一是找李贽的芝佛院（李贽辞官后，曾在此著书讲学）——梅澹然（梅澹然曾拜李贽为师，但两人没见过面，只是书信来往。李贽把梅澹然比为观世音，并把与她谈论佛学的文稿刊刻，题为《观音问》）真的爱过他吗？当地一定还有梅家和耿家的女性后代。他两次被麻城人民挤兑，只好去山西消遣的地方，就是我家乡（山西晋城端氏）。二是于成龙孤胆独闯刘君孚匪寨的奇案，真真震古烁今也！海外中国研究的视角，堪称别绝也！

《山河故人》看过已近月余，难说清楚的忧伤长久萦绕不去。命运弄人，人却不甘，不甘又如何?

《红雨》中梅家后人去北京以“适当的规格”殓葬了崇祯后，回到麻城，剃不剃头成了问题。干脆抛弃巨额家产，出家了事。

二〇一六年二月十二日

读《奥斯卡·王尔德自传》 〔爱尔兰〕奥斯卡·王尔德 著

读《审判王尔德实录》 孙宜学 编译

《奥斯卡·王尔德自传》。内容大多是王尔德的书信。

《审判王尔德实录》。1895年，昆斯拜瑞侯爵（Marquess of Queensberry）因儿子阿尔弗瑞德·道格拉斯（Lord Alfred 'Bosie' Douglas）与王尔德交往将王尔德以『风化罪』告到法庭。根据当时英国苛刻的刑事法，王尔德被判『严重猥亵罪』入狱两年。本书作者对西方关于『王尔德猥亵罪』的各种档案文献、报道材料进行了详细整理，遂成此书。

我的南大、他的牛津

与王尔德一样，少年时代的经历铸就我们一生的心智，可那种记忆却是焦灼和迷惘的。只有大学时期——譬如我的南大、他的牛津——才算一生中“最像花朵的时光”（见1885年5月《戏剧评论》）。

牛津那种特有的气氛，也就是那种可以自由地关怀智性事物的气氛受到了系统的保障和促成，这系统本身就使人快乐！回想起来，我也觉得那是白衣飘飘、吴带当风、无与伦比的落拓岁月啊。

他自己认为最雄心勃勃也是最好的诗歌乃《查密迪斯》，其中所谓自鸣得意的“色情”，实在平庸得难以卒读。如果说内容里的渎神罪恋尸癖有裂破时风的意义，今天看来却并无太多文艺价值层面的意义。而《道林·格雷的画像》（王尔德所著长篇小说，同时也是他艺术化的自传。王尔德广为流传的经典语录绝大部分来自本书）值得记取的，其实也不过是那些无礼的格言、迷人的习语、交谈式话题、满不在乎的乖张癖性……这些新“风度”宣布了新风尚时代的到来。它是宣喻抵制“虚实”（factification）和“日常琐碎”（getting-on）的唯美主义广告式小说，目的是倡导一种更高层次的主观伦理。

相比他的著作，我更偏爱他受审时的供词。

二〇一六年二月十九日

读《立体的历史》

邢义田 著

《立体的历史》。本书为美国夏威夷大学历史学博士，『中央研究院』历史语言研究所特聘研究员、院士，『国立』台湾大学历史系兼任教授邢义田所著。主题是古代中国与域外文化交流。

人生没有一点爱恨情仇，真是不配喝酒

1999年前后，我写过一篇文章，比较八十年代/九十年代的学风，对指责八十年代“空疏”的立论不以为然。我毫不讳言爱“荆轲刺孔”胜于爱“舞阳读经”，爱观念意义上的“上下文格局”，不爱兴致盎然地纠正错别字。

这个叫邢义田的台湾人很喜欢在蜗牛角里砍杀，搜集的图片也很丰富雄辩，譬如他弄清了玉皇大帝封猢狲为弼马温，是因为猴能防马病（主持人葛兆光结束后憋不住了，举宫崎市定的观点“整个中国史就是游牧民族和农业民族冲突与融合的历史”以提升立意）；

他还弄明白了由“微管仲，被发左衽”引出的衣襟“右衽”还是“左衽”的问题。

整本书里最痛快的一句话就是王纮（南北朝时小部酋帅）冷冷地说“掩衣左右，何足是非？”——你以30万字的博士论文不容辩驳地断言“潘金莲故居在蒲黄榆”，我认为你有趣，但你是个我不想和你聊天的傻叉。

“雕虫”还是“雕龙”？以喝酒为例，陈思呈说：“人生没有一点爱恨情仇，真是不配喝酒。”

这话好，能解释论质不论量的问题。

二〇一六年二月二十日

读《得书记》

韦力 著

《得书记》。藏书家韦力以藏书为线索，写书友之间交往的故事，以及古籍拍场的种种逸闻趣事。

读后妒火无处发泄

同样是聚书之乐，量级可谓天地差别。作者的专门知识于我而言，实在陌路晦涩。他笔下的诸位大神，真的与我们生存在同样的时代吗？

开篇娓娓道来与唐海争夺朱印《甓庵诗录》的趣事，以神龙首尾不见全须的奇案笔法收束，令人心悸且感叹。接下来的书有《册立光宗仪注稿》《静乐居印娱》《宋元残本》《礼经会元》《文学山房丛书》《大石斋遗珍》《大云烬余》；类似人物接下来便有焦阳、陈东、刘扬、李嘉波、姜寻、王树田、严宝善、翁连溪、刘侠、魏增山、王杭生、范笑我、林章松、李宜杰、艾斯仁、江澄波等的奇异事迹，一气读罢可知中国社会的肌理之中，并非全然是爱占小便宜的虫虱，尚有无数胸襟器宇识见深不可测的人物与知性。凡小有成就者，皆须夹起尾巴，比你高明的人，不知道都藏在什么地方啊。

读后妒火无处发泄，倍觉人生的不完美方是常态，同意查理·芒格（美国投资家，沃伦·巴菲特的黄金搭档）的话：要得到你想要的东西，最可靠的办法是让你自己配得上它。不必非得以举鼎绝膑之力去横取。

有钱大家花，有饭众人呷

郭的观点——民国11年（1922年）4月的直奉战争后，以地盘、实力而论，直吴优势明显大于奉张、皖段、粤孙、浙卢、晋阎，中央也听命于直系意旨。然曹锟贿选改变了人心向背，人心向背进而推动了奉张、皖段、粤孙的同盟。最后致命的是吴佩孚气度不够，他与冯玉祥、王承斌、边守靖等均不能合作，一代枭雄冯玉祥被排挤去南苑做“陆军检阅使”；虎将王承斌混成了“帮办”……结果，内部四处出问题，“玉帅”从此衰弱。这个故事告诉我们：有钱大家花，有饭众人呷，容友更容敌，方得正果大。

郭廷以自私塾学堂起，即敏学好知，拔萃于众，每逢考试，轻松裕如，于是频逢知遇恩主。优渥的知遇，归根到底是靠自己的努力沽取的。买彩票的事情大抵不靠谱，中不了再赌咒生气就愈发愚蠢。

二〇一六年三月二日

读《郭廷以口述自传》

郭廷以 著

《郭廷以口述自传》。著名史学家郭廷以的口述自传，记述了上世纪二十至五十年代复杂多变的社会生活图景。

二〇一六年三月八日

读《走出黑暗——人类史前史探秘》

〔美〕克里斯·戈斯登 著

《走出黑暗——人类史前史探秘》。本书为美国著名教授克里斯·戈斯登所著，主要内容是对史前史的简介，包括早期人类进化过程、定义概念、相关考古发掘等。

北大西门保安爱问的三个问题

我认为：从小学一年级起就应当开《人类史前史》选修课，这一课程必定会让孩子们自幼即遭遇到北大西门保安爱问的三个哲学问题：你是哪儿的？要去哪儿？你是谁？

十个孩子里有一个开始天马行空地思考，这孩子的未来就不可限量。

史前史概念滥觞于16-19世纪之间，到19世纪中期进化论大辩论时，得以广泛传播。它对人们世界观的影响，不亚于航海大发现，因为这个概念关涉到强烈的潜在民族认同与个人认同。

其中有一幅博克斯格罗夫猎马图，情景发生在50万年前英格兰南部的奇切斯特。遗址被发现时，其传递的信息令人震惊。而1933年3月8日上午十点，巴布亚新几内亚的卡韦尔卡部落才终结了他们的史前史——在部落老人翁卡的回忆里，那天莱希探险队驾驶一架租来的德国容克双翼飞机寻找金矿，闯入此地，该部落几乎还停留在50万年前博克斯格罗夫式的史前文明中。

这本书最精彩的分析，在于对史前猎马者与贝克汉姆传球时的心理分析对比。贝克汉姆会在一刹那判断队友和对手的动向，观察敌我双方的位置变化，预测他们希望出现的局面，在适当的风速中使用脚的部位与力道，使训练有素的对手猝不及防，却能使队友心领神会……猎马原始人会斟酌长矛的重量、风速、马匹奔跑时的突然转向、其他成员的意图等等——注意：人与动物的区别出现了。

人与动物的区别一度被认为是“使用工具”。但20世纪60年代，简·古多尔就发现坦桑尼亚的猩猩会把小树枝或草当作工具，伸入白蚁穴并钓出小昆虫来吃。法国人类学家马塞尔·莫斯在论文《礼物》中，认为人类的全部生活都根源于赠送和接受礼物，礼品馈赠行为衍生出三个义务：赠予、接受、回报，于是交换体系和社会交往开始奠基。论调不一而足，话题无穷无尽，恰恰说明了这是个魅力无穷的话题。

下维斯特尼采遗址三人墓葬，简直令人浮想联翩——我期待把他们三人的故事写成一个短篇小说。瞧瞧这个小说的元素吧：末次冰期冰盛期、捷克、维纳斯小塑像、两男一女、燃烧过的树枝、穿孔贝壳、狼和北极狐的牙齿、中间女尸阴道处的赭红石粉末、左侧男尸伸在女人大腿裆部的手、一根穿过他骨盆到尾骨的木棒……

史前史就一定幼稚吗？这个浅坑三人葬里蓄积的密码，远非我们所能想象的啊。

二〇一六年三月十日

读《又见昨天》

杜高 著

《又见昨天》。著名戏剧影视评论家杜高对自己一段政治生命灾难的深刻解读。李辉在一九九八年发现了杜高的历史档案，并于二〇〇四年出版了《一纸苍凉：〈杜高档案〉原始文本》。杜高看到后，写下了这部回忆录。

泥地里的蝴蝶

90年代中期以来，具有史料价值且能影响思想史脉络的丛书，几乎没有使人印象深刻的。十月文艺这套“百年人生”系列值得致敬。

杜高档案于潘家园旧货市场被李辉买走并出版后，在知识界产生的那场悸动，让人觉得这个群体的良心尚残余一丝生气。《又见昨天》回忆了作者1955—1979年间奇峻的“标本”式亲历，那是整整24年的无妄之灾。与他相比，韦君宜和周一良笔下的“痛”，不过是随波逐流时的咸湿本能而已。杜高为两枚窝头所写的长达数千字的检查，是饥饿与羞辱杂糅之下的恐惧，与他喜欢的陀思妥耶夫斯基（他名字中的“杜”即源出民国时期“杜思妥耶夫斯基”的译名）陪同枪决的恐惧，程度大约差不多。

由于这篇检查，我莫名其妙地想到叔本华和邵洵美，这两个人因为无聊生发的恐惧，带来的也是一般深沉的绝望。足见恐惧是分层次的。有高级恐惧的人，比如邵洵美，用黄永玉的话说，最后像一只美艳的大蝴蝶被踩在泥泞的地上，不该这样啊。

在方掬芬（中国儿童剧表演艺术家、中国儿童艺术剧院的老院长）老师的寿宴上，杜高对我说正在写一本新书，愿意让我来出。后来见面，他又沉着地安慰厄难中的我。那一刻我心力交瘁，百感交集，难抑失态，几近伤厥。是的，杜高的一生足以喻戒真诚的人们，即便被踩在泥泞的地上，也要做一只蝴蝶。

二〇一六年三月十二日

读《宫崎市定中国史》

〔日〕宫崎市定 著

《宫崎市定中国史》。日本历史学家、汉学家宫崎市定所著。全书共有四部分内容：太古至汉代（古代）；三国至唐末五代（中世）；宋至清代灭亡（近世）；中华民国以后（最近世）。宫崎市定将中国置于世界史的进程之中，以『景气史观』阐述盛衰兴亡。

这些坏蛋该坑，因为他们干的都是坑爹的事

在宫崎市定看来，有道德史观（统治者道义操守），有革命史观（阶级应对策略），而他主张的是景气史观（经济史观）。

历史上的“景气”和货币流通量有关。货币流通量大、容易入手，且通贷信用度高的时候，即景气最好的时代。以汉代黄金为例，赵翼在《廿二史札记》卷三“汉多黄金”一章中叹息本身中土黄金产量已近枯竭，佛教徒还拼命制造金箔，镀金写经，而且这类消费的黄金无法复原循环使用，同时黄金价格比西方国家低廉，逆差拉大，导致经济萧条土地兼并，起义开始。

对宫崎市定有些观点不敢苟同，但值得参考。譬如他认为甲骨是用于练字后堆积的残骸，照他这么一说，那些民国的大学问家做的事情霎时变得可笑起来。不过在西亚，练字使用黏土板，写过后重新揉捏，反倒没办法保留下来了。另外，龟甲占卜习俗一直延续到汉初，后

世出土的很多甲骨文辞内容夹杂着与殷代不相称、像是很久以后时代的思想……

周武王、周幽王、周平王……的传说中有一个核心史实，即一场历时多年的民族移动，周民族在今天陕西一带受到异民族压迫，被排挤到东方。和西亚史一样，越研究，进步和文明产生的时代就越缩短。

春秋晋国强盛的原因，不能忽略解州的盐池、晋北的畜牧原野和伏牛山下的武器制造厂。

《老子》从内容看，出现得要比《孟子》还晚，可能是受到杨朱学派的影响，是试图超越杨朱快乐主义的个人主义主张。

坑儒，原因是秦始皇派方士去寻找长生不老药，但这些人当中有的骗他花费了大量金钱（能不骗他吗！上哪儿找啊！），又说他的坏话并逃走，始皇帝一怒之下杀了460人。称为“坑儒”不太合适，这些坏蛋该坑，因为他们干的都是坑爹的事。

话说回来，也不敢不干啊，悲催。

不同地域的交界处容易出产独裁者，希特勒生于德奥边境；日本的织田信长、丰臣秀吉和德川家康都来自尾张、三河（不是燕郊哎，是位于使用银的西日本与使用金的东日本分界线附近）；刘邦、朱元璋都生于南北文化分界的淮河流域一带。受不同文明和风气的锻炼，头脑运转不因划一的教育而僵固，善于相对论思考，懂得发挥均衡感，基于现实才行动，适合在乱世应付困难局面。

“坞”，源于董卓的“万岁坞”，很幼稚的想法。

“濮议”“艮岳”“祠禄”都是些令人哭笑不得的词语。

《四库全书》不收朱子的《资治通鉴纲目》，出发点是编撰者的“正闰观”。

崖山灭宋、搞死小皇帝的是张弘范，他可是个汉人，根本不是蒙元人。这种情况在中国历史上数不胜数。

宫崎市定31岁那年作为陆军少尉去过上海，入伍很突然，无暇购买军刀，便向地理学教授小川琢治借了把刀，杀没杀过人，已不可考。呆了三个月就回国了，一头扎进中国史，成了博学宽弘的一代大学者。

你把自信的菜拿几样来！

二〇一六年四月八日

读《文人剪影·文人印象》 赵景深 著

《文人剪影·文人印象》。民国戏曲研究家、文史学家赵景深与鲁迅、巴金、沈从文、老舍、胡适和丰子恺等四十四位作家的交往点滴。

赵景深先生的人物印象谱，寡淡如白开水，十分钟读完，得出结论：1.他认识的名人真多；2.那些名人真忙；3.他自己真闲。

话说田汉每每下小酒馆，进门冲老板第一句话都是：你把自信的菜拿几样来！弄得堂倌瞠目不知所对，满座皆大笑。席间，这个湖南人用湖南话把“吃醋”叫“恰臭”，不禁会心一笑，想起2006年前后在妇女出版社时招聘过一个湖南女子做编辑。某日聊起巴尔扎克，她很着急地说自己读过他的《蜂蜜》。我大概用了两年时间才想明白大约应该是《幻灭》。

赵先生谈到伍光建的译书方法是“先把一句话的意思弄明白，再融会贯通，颠倒排列，用中国语气写出来。”

不过伍光建最好玩的是他吹嘘自己在北平时亲眼目睹过一幅古画，据说是三国时期张飞画的美人，上面有关羽补的竹子，以及刘玄德的题跋。他说的正言厉色，煞有介事。

二〇一六年四月十二日

读《思痛录》 韦君宜 著

《伶人往事》 章诒和 著

《我等不到了》 余秋雨 著

《思痛录》。韦君宜先生回忆了从延安『抢救运动』以来的大大小小的政治运动。

《伶人往事：写给不看戏的人看》。章诒和描述了二十世纪四十年代初与母亲一同去看戏所产生的感慨。

《我等不到了》。余秋雨的回忆录。

青年的草履虫化

韦君宜对周扬的推崇，显示了她的劫余气度和清华功底。通篇椎心泣血的怀疑文字，将来只有史料注释价值，并无思想史价值，原因在于她经历的时代的浅薄与粗俗，与她的思想刻度无关，难为她了。与这本小书相比，章的堆砌资料与宣泄愤懑的高中生式作文，还有余的顾影自怜疲于辩诬的婉约派自传……有点滥情了。

赶上黑铁时代，精神实验就被大面积简化和粗鄙化了。但我的疑问是：西方何以不同？比如1845年前后，丹麦教会的权势与《海盗报》对克尔凯郭尔的围剿，不可谓不严酷，但他和尼采一样，执拗地做看不起群众的人，对伦理型的生活样式没有信心甚或感到愤慨绝望。在窒息的压倒性雨幕中，路德如何把基督教带出了帝国式的教会？克尔凯郭尔又如何把基督教带出了民族国家式的教会（“亚伯拉罕的事业与整个民族的大业无关”），以致社团性的基督教信仰重新成为个体性基督信仰（“信仰即是这样一种悖论：单独的、个体性的比普遍性的更高”）。

在如此信仰中，个体的偶在性比历史的必然性更值得看重，无论这历史必然性是从黑格尔到马克思的历史发展观规律，还是尼采的永恒复返的巡回。实际上我在韦君宜的笔下同样看见了她对个体脆弱生存的痛惜。但是和巴金一样，这痛惜够痛，类型性反思和规律性升华却浅尝辄止。差距就这么大，不承认不行。

今天是拓展生命可能性的实践被充分允许的时代，是个美好时代。可这个美好时代里一些青年的犬儒化与草履虫化，细想起来，比韦君宜的悔痛，还要惨烈。

二〇一六年四月十五日

读《罗伯特·弗罗斯特校园谈话录》

〔美〕罗伯特·弗罗斯特 著

《罗伯特·弗罗斯特校园谈话录》。本书是美国诗人罗伯特·弗罗斯特在三十多所院校授课或谈话的文稿。

读书能将困难和悲伤提升到一个更高的、令人尊重的层面

本书译者把弗罗斯特的诗歌与讲演译成了这个样子，让阅读变得十分艰苦，后半部我只用十分钟就哗哗翻完了。

美洲诗歌里译得比较有趣的，印象中只有狄金森和聂鲁达。弗罗斯特曾被誉为“20世纪最杰出的美国诗人”，进入中国后却“损失惨重”(余光中)，毫无疑问——就是被翻译害的。好译者是可以与作者比肩的，希望未来他们能批量产生于外语教育更严谨整饬的“80、90后”。

读书即求知，弗罗斯特有个很重要的观点：求知就是瞎转悠，直至你恍然开悟。也就是说，你要遍览人类的精神成果，直到对下列事情的感受得到升华：成功与失败、政治与宗教、生与死。

这个过程会很忙，但忙不是最重要的，最重要的是“要跟合适的人在一起，获得对事物的强烈感受”，老师也帮不了什么，老师还不如“你说傻话时与你交换眼神的几个朋友”！

“眼神”，是弗罗斯特最重视的一个概念。他说，生活中他最感兴趣的事情之一，就是观察两双眼睛需要多久才能对上。你注意看，婴儿就在不断地寻找眼睛，一旦对上，那一刹那孕育出星辰和繁花。

读书，教育，自我教育……到底作用是什么呢？

是因为读书能将困难和悲伤提升到一个更高的、令人尊重的层面吧，我想。

二〇一六年四月二十六日
读《另类日本史》
姜建强 著

《另类日本史》。本书从世相的横断面着手表现日本文化史，生动有趣，并能深入至文化的内核从中观察和体验。

老实巴交，只会举旗子吹哨子

另类，是我们的定义。对于日本人，就是日常。

一卷览毕，我有如下好奇不得不说：

1. “间”这个字，幽而又幽，玄而又玄，既是自然观，又是一种风度，一种雾雾霭霭的心相。譬如俳句中的古池与青蛙；譬如日本人讨厌打官司，讨厌裁判和律师——法官判了输赢，但日后留下的是隔阂、不快甚至仇恨——所以，不美。作为一种柔软的受容性，适当的距离最美，因此他们喜鞠躬不喜握手。房间的“玄关”就是这么来的；我理解日本设计美学（建筑、电影、平面装帧、兵法节拍）中的“留白”（无言）就是“间”的美学。只有对微妙暧昧的空间感（飞矢不动、寒鸦落影）和特殊时间感（无音余韵）有直觉者，才能意会，才是天才。“间”，是最上品的文化。

2. 切腹。最早的切腹者是一个女子，女性的肚腹是丰饶大地，切开它的悲壮与震撼是美学现象。事实上这位神女切腹后再投湖沼自杀，至今这个湖所产的鲫鱼都没有五脏。西方原典因亚当的肋骨而迷恋胸，日本则由于盘宿婴孩而迷恋腹部。在日本你要称赞一个男子身材好，最好说他小腹微凸，颇具威严。在日本“大腹便便”是对男子人格的一种首肯。因此剖开腹部，就是忠信、勇敢和意志的体现。我读《忠臣藏》，认定浅野手下47名武士在他死后击杀吉良后，不抗争不逃逸，来到浅野墓前集体切腹自尽的故事，是个艺术事件——它长期被选入小学五年级课本。“赤穗复仇事件”的仪式感，蕴藉着两种精神文化内涵：壮绝美和权谋术（以死谢罪）。其中有善恶含混以及禅意。

3. 艺伎。对客人不能玩真的，但也不能不真；不能纯情，但也不能无情。如何将与客人的距离接近到极限，但又必须让客人意识到不可亵渎乱来，这里面有一种难以言述的涩味。

4. 死。近期主要任务，是找到平安时代以后的《九相绘卷》，如《饿鬼草纸》《人道不净相图》等六部，它们呈现了人的肉体从死亡到腐烂再到白骨化的九个场面的图景。还有要读完五木宽之的青春小说《青春之门》，其中有主人公伊吹信介在汽车里咀嚼母亲遗骨的情节。高仓健随笔《南极的企鹅》中，也写到他没赶上母亲葬礼，之后嘎吱嘎吱咬母亲遗骨的回忆。在日本，亲人遗体火化后，工作人员尽量推出一张小桌子，上面是摆放相对完整的人体骨架，亲属们用竹筷子夹起骨头放入骨灰罐——这就是日本人特别忌讳用餐时往别人碗里夹菜的原因。

5. 卡哇伊。太宰治《斜阳》里母亲躲到花丛中边站着撒尿边与女儿调笑，表面不敬的背后是“卡哇伊”。筑摩书房2006年出版的《卡哇伊论》中解释的心理特征是无助、天真、撒娇、脆弱、孩子气和好奇心;《华严的思想》（1983年日本讲谈社出版）认为无名和微小的东西中有无限的东西，譬如“一”，伟大的事物都寄宿于其中，“一”就是多。佛教华严宗里有大深意。日本经济学家森永卓郎在《萌经济学》（我晕！这啥学术啊）中认为：这个世界唯一不会衰退的市场，就是恋爱与身体消费市场。日本流行文化中的主流意象是无辜少女和无害少男，大前研一所著《低智商社会》（2010年）中抨击“卡哇伊”与低智商之间的内在性，不学习，不思考，无成功欲望，人云亦云，但我觉得低智商社会十分重要的一点就是造就有素养的高超匠人和职业高手。智商发达的国家，比如小聪明著称的敝国，盗版模仿那是一绝，而低智商的日本人则不懂跳槽，对金钱迟钝，每天重复同一件事情，做到极致。比如马路上的交通管理员，年纪大，皮肤黑，老实巴交，只会举旗子吹哨子，持之以恒，无比纯真，太“卡哇伊”了！和那些头大身子短、手脚肉乎乎的婴儿完全有一拼！但这就是文化“无臭性”的认识论基础，这里面有一种人类共同的对时间的乡愁。

6. 心中。这个词太牛了，留着以后研究。

7. 恩。礼物的互酬赠答微妙之极，报恩的分寸难死个人。受到生疏者的恩，是最讨厌的事情，因此日本人对大街上的事故一般不予理睬，这不是冷淡麻木，是因为他们感到除了警察以外，任何人随便插手，都会使别人背上恩情。明治以前日本法律规定“遇有争端，无关者不得干预”。你送谁东西越多，他越不自在越反感，越触动自尊心；你对日本人越冷漠越不在乎，他反而越舒服。二战中日本人骂美国人是“鬼畜”，战后占领军司令麦克阿瑟收到数百名女性的信，她们要求为这位至高无上的男性生个孩子。

日本是个有意思的民族，令人想起无月亮的夜晚，雨停了，万籁俱寂，这时听见什么东西吧嗒一声落地。

那是一只熟透了的梅子，脱离枝头的声音。

读《弗里达：传奇女画家的一生》

〔美〕海登·赫雷拉 著

《弗里达：传奇女画家的一生》。墨西哥传奇女画家弗里达传记，也是传记电影《弗里达》的原著。

我越是爱她就越想伤害她

布列东来到墨西哥后，惊讶于她的画作，立即判定属于“超现实主义”！可这又有屁的意义呢？弗里达从未在乎过她自己是什么狗屁主义。

男人们又都迷恋她什么呢？两条眉毛在前额连成一线，甚至长了一撇胡子，6岁得了小儿麻痹症，18岁遭遇车祸（车祸那天，她虚弱地看见一个女难友也向医院跑来，手里捧着自己的肠子），直到去世做了32场大手术，人生大部分时间在床上度过，与无数男人、女人有染，自己纤小热烈却终身痴情于肥胖奢侈的丈夫。

15岁，她暗恋他：“走着瞧，大肚皮，现在你一点也不注意我，但总有一天我会怀上你的孩子的。”

后来情况是车祸导致骨盆错位，三次人流，没法怀。

这个大肚皮丈夫就是墨西哥共产党总书记、著名壁画家迭戈·里维拉。

我喜欢这个大胖子。他在党内总是被指责，但他的艺术家脾性解构了党的严肃性——他开会永远不准时，到场后又马上以超凡的人格魅力控制所有人。

1929年10月3日，里维拉主持了一场党的会议。他坐下来，将一把手枪乓的一声拍在桌上，用手帕盖住，然后厉声说："我，迭戈·里维拉，墨西哥共产党总书记，指控画家迭戈·里维拉勾结墨西哥小资产阶级政府，为他们画壁画！这与共产国际原则相冲突！因此，共产党总书记里维拉决定将画家里维拉开除出党！"

宣布自己把自己开除了之后，他霍然起身，揭开手帕，拿起手枪，把它捏碎——原来手枪是黏土做的。

此人对金钱毫无兴趣，无数大额支票留在信封里多年不拆！还自言自语："太烦人了！"

这样的"大混蛋"谁能扛住其魅力？后来"大混蛋"与弗里达的小姨子搞在一起，弗里达依然无怨无悔，只是将内心的痛苦创作成一幅画：《稍稍掐了几下》。

而里维拉后来在自传中说："我越是爱她就越想伤害她。"

弗里达主动与流亡到墨西哥的共产主义领袖托洛茨基幽会多次。死亡前，朋友为她办了场画展，由医院用救护车把她运到现场，请她与大家告别，上演了奇幻人生最后的华丽一幕。

她的人生无法评价。与李·米勒一样，假如有幸遇上她们，任何奇男子都会毫不犹豫地"扑过去"。弗里达的原话是："如果我对谁产生了十足的好奇，我就必须要发生身体关系，才肯罢休。"

《觅理记》。藏书家韦力所著。韦力历经数年不辞辛劳跋山涉水寻访宋明理学大家遗迹，引经据典，内容翔实，又慧海拾珠，觅得三二趣闻逸事，让艰深的理学充满趣味。

当隐士并非德之表现

《宋元学案》记载胡瑗七岁善属文，13岁通五经，以圣贤自期许。邻居惊叹其“乃伟器也”。胡赴泰山苦读时，十年不归，得到家信，隐约看到有“平安”二字，立即将信投入深涧，不再展看，担心扰乱问学之心。现在泰山还有“投书涧”。胡后来有个重要观点，认为当隐士并非德之表现，那是“养德”，怎么能把一生才学浪费在山林之中呢？“潜龙勿用”真实的意义是圣人告诫后人不要去归隐。

王安石推行买卖度牒，程颢认为是变相敛财，王安石说灾荒来临时这笔钱能救15万人的性命。神宗颇以为是，遂外放了程颢。足见潜龙不能用世，乃为迂腐。

宋学“诸神”中，我最好奇邵雍。邵雍从李之才那里承学了陈抟的《周易·先天图》，认为每一元为129600年，一元数尽，毁灭再循。世界上动植物总数是289816576。三皇五帝为春夏秋，战国七雄已经是“冬之余冽”，整个历史分皇（行道）、帝（行德）、王（行功）、行伯（即行霸，行力），类似西方的黄金白银青铜黑铁时代，依次递减，一代不如一代。从邵雍能预测房屋的倒塌（司马光亲见）看，他这些观点未必全谬。朱熹给他的赞语是“天挺人豪，英迈盖世。闲中今古，醉里乾坤”。——也是个酒鬼啊！呵呵。他的故居在洛阳，名叫“安乐窝”，安乐镇真有这么一个村。

毕业论文后记曾以李侗与朱熹的关系比拟于丁师与我。李侗早年的肥马轻裘豪迈放达与老年的“颓然如田夫野老”实不似、不及丁师也。

读《柔软》 廖一梅 著

《柔软》。廖一梅讲述了一个绯闻缠身的女医生和一个性别模糊的年轻人纠结的情感和微妙的两性关系。

在辽阔的自由里，与生命握手言和

《柔软》写得很狂，这样的文本（无论小说、诗歌、戏剧、音乐、散文）都要多看，把它们当作窒息于水下时的芦苇秆。廖一梅厌恶随波逐流，认为那是对生命的蔑视。拒绝看电视，上网只干一件事——收发邮件，书宁愿不出版也不让出版社改一个字。“大众审美就是臭狗屎”，“在信息充斥的今天，最大的问题不是怕你不知道，而是要敢于不知道！”——因为绝大多数话题都是过眼烟云毫无意义！

如果它不好，我宁可不要。

比如婚姻，我的朋友中，有这样伟大的自我——婚姻只是所有人类关系中的一种，不比别的关系更好，也不比别的关系更坏。

那么，婚姻内外的人，可能就都是完美主义者，关键在于你接不接受有缺憾的生活。你要这么想：世界上的眼泪是定量的，有人哭就有人笑。（《等待戈多》）

绝望无助的哭，开心狂放的笑，都是对生命驾驭力的表征。世界上绝大多数人不明白为什么，而且这个戏得到姜文、王朔、刘索拉的狂赞，理由可能就是那句被孟京辉说掉的我的心里话："艺术家对现实和绝望有最终解释权。"

喜欢郝蕾，始于她在《颐和园》里的迷乱气质。为了这个戏的演出，她拒绝了去台北现场领取金马奖的荣光。2008年她经历的人生巨变是什么？类似2014年的我吗？是的，每个人的内心都是惊世骇俗的。

是的，灵魂是不能配对的。你非要找灵魂伴侣，那是把责任推卸给别人。只有灵魂独立，灵魂之间的相遇欣赏才有趣。

做贼心虚放屁脸红，《巫语物语》前言里，我引用过马尔克斯一句话："我写作，为了使我的朋友们更爱我。"前天晚上在即墨古城浅饮狂唱的时刻，从陈彼得老家伙脸上，再一次品味出这句话的快意。

在辽阔的自由里，与生命握手言和；

在辽阔的自由里，以生命的光辉沐浴他人。

二〇一六年五月一日

读《失忆与记忆：张晓刚书信集》

张晓刚 著

《失忆与记忆：张晓刚书信集》。本书选录了艺术家张晓刚与当代艺术界代表人士自一九八一到一九九六年的来往书信。

阳光毒辣，人心蓊郁

在万夏和杨黎他们的第三代人影像记录之后，又读到这本奇书，怎能不心生感喟？于是想起我自己的“马孔多”，后来是如何坐着飞毯飞到现在的？

最让人啧啧称奇的不是后来成就功名的张晓刚、叶永青、毛旭辉……而是在他们身边歌哭过的张夏平、孙国娟、唐蕾、甫立亚、刘晓津、王坤红……这些美丽女子，她们就是上世纪八十年代的朵拉·玛尔和玛丽·泰雷兹（亦可参看《爽——七十年代私人札记》），她们是才情妩媚到骨头里的罂粟，算来也都近60岁了，如今都在哪里呢？

恢复高考后，他们进入柏拉图学院。话说某一天傍晚从食堂打完饭走在操场上的毛旭辉，忽然听到学校喇叭里流出了舒伯特的小夜曲，那一刻他泪水夺眶而出，整个人都凝固了，不敢相信这样的音乐可以公开广播，世界好像改天换地了！

张晓刚去成都玩，看见何多苓、周春芽正在画一个长发女孩肖像，这个叫唐蕾的女孩的五官仪态正是他喜欢的莫迪利阿尼人物的感觉，于是要求加入行列。他用一张废纸迅速画完，往桌上一丢，不言不语酷然离去。唐蕾对他顿生好感，过了若干天，她决定坐火车去重庆找张晓刚，给他一个惊喜。来到他宿舍门口时，却发现门上贴了张纸条："本人外出几日。"落款画了一只老狗。失望至极的唐蕾在重庆逗留几日后，颓颓地回到成都。到家时惊异地发现自己门上贴了一张纸条："我来找你不在，楼下等你！"落款仍然画了一只老狗，正是几日前她去找他的同一时间。

这段轰轰烈烈的爱情是何时何故终结的？张晓刚又是如何娶了20年前那个7岁小女孩？书里没写。

张夏平在北上的火车过道偶遇奥地利小伙子谢塞尔，火速钻进他的卧铺被窝，被警察抓获，而后怀孕，而后精神分裂，而后成为吴文光《流浪北京》主人公，宣称自己"宁可卖淫，也不卖画"。五年后终于被送进精神病院时，谢塞尔履行了他五年前的承诺，来到北京，娶了她，把她带回了奥地利。他只是为了当年梦幻般的一夜，至于这五年间中国发生了什么，张夏平结婚离婚得了精神病，谢塞尔选择不相信。离开中国前，他把她的药物全部扔进马桶一冲了之。

我想，现在的年轻人也会选择不相信这些事。那就不相信好了，因为那的确是一个不真实的时代，阳光毒辣，人心蓊郁。

或许，我也到了写回忆录的时候了。

二〇一六年五月三日

读《索尔·贝娄访谈录：在我离去之前，结清我的账目》

［美］索尔·贝娄　著　［罗马尼亚］诺曼·马内阿

《索尔·贝娄访谈录：在我离去之前，结清我的账目》。两位当代最重要的犹太流亡作家索尔·贝娄与诺曼·马内阿一九九九年在波士顿大学的对话，长达六个多小时。内容涉及贝娄的家庭、成长、信仰，犹太人的美国化，以及创作、阅读、爱情、友情等诸多方面。

我打对勾的那类作家

索尔·贝娄是我打对勾的那类作家，他年轻时干过一件事，让我真喜欢：阅读了托洛斯基《俄国革命史》之后，他跑到墨西哥，要找托洛斯基交谈——要与他交谈由托创立的理论。而托居然同意见这个20岁的小伙子。当贝娄在约定的时间心情无比激动地敲门时，却发现托洛斯基在一个小时前被暗杀了。

《赫索格》写了15稿，贝娄足足写了三年，原因是在这个过程中，他发现自己“有变严肃起来的倾向”。贝娄认为这本小说必须有趣搞笑，如果毁于严肃，它就没理由存在。但很多年过去后，贝娄因逗乐的缘故而不断重温的著作是《雨王哈德逊》，他认为它非常好玩，读上几页，会给一个人许多戏剧性的缓解。

没想到，贝娄和我一样，狂热喜欢托尔斯泰的《伊凡·伊里奇之死》。他在大学反复讲这个小说，原因是伊凡的报应一直被推迟到生命最后时刻，他临终对自己的调查很动人。

说到死，贝娄认为“唯一的解决之道是快乐地死去”，或者“在快乐的时刻死去”，因为所有人一出生就被判处了死刑，如何逃避这种残酷？我们多么羡慕动物，它们只是借助本能逃离危险，它们永远不会去想象死亡。当看到猫在窗外舒展开身子晒太阳时，我们多么羡慕它！

贝娄的小说中有一种荒谬，曾给过我喜剧性的提升。我希望自己能写出他那样的妙作，哪怕一部。

二〇一六年五月五日

读《天才的编辑：麦克斯·珀金斯与一个文学时代》

〔美〕司各特·伯格 著

《天才的编辑：麦克斯·珀金斯与一个文学时代》。二十世纪美国文学传奇『伯乐』、出版家麦克斯·珀金斯的传记。麦克斯·珀金斯发现了菲茨杰拉德、海明威、沃尔夫等多位伟大的文学天才，以激发作者写出其最佳作品的能力而闻名。电影《天才捕手》主人公原型。

这是不是爱极而泣的牢骚呢？

这是一本编辑必读书的置顶之作。出版社编辑不可能人人都成为麦克斯·珀金斯，却需要知道这个行业的最高标准与理想状态该是什么样子的。

一个出版社的编辑如何影响了一个文学时代难道不该是一篇博士论文的题目吗？

菲茨杰拉德、海明威、沃尔夫等等伟大天才都是他发现并造就的，他和这些伟大作家后来也成了莫逆之交——沃尔夫称终生唯一的朋友就是珀金斯，对他的依赖可见一斑；海明威总想约他出去玩，可他没空……其实珀金斯36年只效力了斯克里伯纳一家出版社，却使得美国青年因为有他这样的传奇榜样，才立志投身出版业。

珀金斯逼着菲茨杰拉德把《特里马尔乔》书名改成《了不起的盖茨比》；揪着海明威的耳朵让他删《太阳照常升起》里的粗

口；大骂沃尔夫让他戒酒从而催生《时间与河流》成为1935年的文学事件……他信服的格言是：出任何书，最糟糕的出版理由是它像其他书，无论作者多么无意，“一本模仿别人的书永远低人一等”。——我们不可能什么书都出，让别人去体验它的失败吧。但退稿信又写得极富人情味，以至于作者重新把书稿寄回来，在信边上疑惑地问：“那您为何不出版它呢？”

对今天的青年而言，赶上一个花俗的时代，同时又选择了这一行，的确是艰难和不幸的。我的一个出版兄长20年前就曾调侃说这个行业的功能之一就是“把坏人变得更坏，把傻子变得更傻”，这是不是爱极而泣的牢骚呢？

今晚喝酒时我得问问他。

二〇一六年五月十日

读《胡安·鲁尔福全集》

〔墨西哥〕胡安·鲁尔福 著

《胡安·鲁尔福全集》。胡安·鲁尔福（1918–1986），墨西哥小说家，被誉为『拉美新小说的先驱』。仅留下篇幅极其有限的作品。

您们不是死人吗

重读胡安·鲁尔福的《教母坡》《北方行》《玛蒂尔特·阿尔康赫尔的遗产》。《Pedro Paramo》里人鬼不分，世界就成了这样：

……钟响了起来，一声接着一声……时间仿佛在收缩。

在那里你将找到我的故地，那是我过去喜爱的地方。在那里梦幻使我消瘦……那儿的黎明、早晨、中午和夜间都完全相同，只是风有所不同。那里的风改变着事物的色调，那里的生命好像低声细语，随风荡漾。

您们不是死人吗？

这几篇为屠孟超先生译，真是诗意荡漾。

记得南大西班牙语系孙家孟先生译过《堂吉诃德》《跳房子》《绿房子》《潘达莱昂上尉和劳军女郎》《酒吧长谈》，屠孟超译过《塞万提斯训诫小说集》《塞莱斯蒂娜》，徐鹤林译过《霍乱时期的爱情》《请听清风倾诉》，倪华迪译过《作家们的作家》等。

并想起当年上法语系黄荭的课，近年看见她对圣埃克絮佩里、萨冈和杜拉斯译介研究颇有建树。当年曾因为发音不准确，被奚落过几句，惨厉非常。感谢这个1973年出生的巴黎回来的年轻教授，让我立即记住人能笃实、自有辉光的伟大道理。

二〇一六年五月十五日

读《悲观主义的花朵》

廖一梅 著

《悲观主义的花朵》。作家廖一梅写的爱情小说，小说女主人公一边想要竭力克制自己爱上男主人公，一边又想要飞蛾扑火般地与他堕入深渊。

廖一梅与菠菜

在火车上读完廖一梅《悲观主义的花朵》，“爱”写得力透纸背，隐有萨冈之风。推荐相信星座论与爱情拜物教的女子读一下，一堂化茧成蝶速成课。不过不太喜欢第一人称叙事。她描述的有一小段她最无法容忍的“靠近在世中碰到的存在者的存在（沉沦）”，就是在我们单位（我调入前，这个单位在大钟寺）的经历，颇为有趣，录记于此：

我大学毕业被分配在一家出版社工作。该怎么描述我那时的生活呢？如果我有刘震云的胸怀和文笔，就可以写一篇《单位》，可惜我不行。在出版社工作的一年时间里，我是一个懒散随便，迟到早退，不求上进的典型。常常有老同志语重心长地找我谈话，说年轻人不懂得爱惜自己，不懂得努力工作的重要性。

一个摩羯座的人不懂得爱惜自己？不懂得努力工作的重要性？真是天大的笑话。

我们的出版社位于北京最大的蔬菜批发市场旁边，每天中午吃过饭，编辑们便三五结伴去批发市场买菜，共同讨价还价，然后提回许多葱绿水灵低于零售价的蔬菜。下午的时候，你常常可以看见办公室里几位同志围坐在一起择菠菜，剥青豆，如果你聪明便能明悉其中人际关系的玄机，谁和谁投契，谁和谁不对付，在这些摘菜的闲聊中，造就了许多恩怨是非。

这里面的确有很多故事，但是都与我无关。当然，不止一次有人邀请我一起去买菜，我拒绝了。中午，我独自坐在阴冷的办公室里，想，再不会有比这更糟的生活了。再这样过两年，没准哪天我就会接受买菜的邀请，然后一步一步变成和他们一样的人。所以，没什么可犹豫的，我辞了职。

辞职后，她很快写出了《琥珀》《恋爱的犀牛》等剧本。

又很快，出版社由于蔬菜批发市场拆迁，搬家到了车道沟桥附近一处商业写字楼。沮丧的编辑们买不着葱绿水灵且低于零售价的菜菜了。可喝不着牛奶还有代乳品呢，他们很快找到了可以偷菜的开心网。

不想当厨子的裁缝绝不是好司机，冯巩说。

二〇一六年五月十六日

读《从激进共和到君主立宪：邦雅曼·贡斯当政治思想研究》 韩伟华 著

读《敞开的门：谈表演和戏剧》 〔英〕彼得·布鲁克 著

《从激进共和到君主立宪：邦雅曼·贡斯当政治思想研究》。南京大学韩伟华对法国十八至十九世纪杰出思想家、政治家、文学家贡斯当的著作、思想进行的较为全面的梳理。

《敞开的门：谈表演和戏剧》。导演和理论家彼得·布鲁克为自己的作品做的浅显易懂的哲学阐释。

两个娇憨的姑娘分蛋糕

直至今日才读贡斯当，因为即便是英译本，《适用于所有政府的政治原则》《论共和宪制在一大国之可能性》《论征服精神与僭主政治》也才迟至1988年方出版。

大概弄清楚了亚里士多德、博林布鲁克、孟德斯鸠、洛克、弗格森、托克维尔与他之间的关联。分权制衡理论其实很简单，就是两个娇憨的姑娘分蛋糕罢了。

消极自由是防身用的，却是一种不充分、欠完全的自由，必将导致商业繁荣之下的社会原子化与新专制主义，真乃醒世恒言！彼得·布鲁克大师十年前这本“新书”未见得新在哪里，但“手捧名碗走路”“作品越伟大，演出越没劲”“演员在走钢丝上平衡三种关系的能力”等观点依然铿锵有力。

正如戏剧的本质——神秘很重要，当人失去敬畏，对象（包括日常生活）也就失去了意义，沉溺于乏味。

制造出如此之多的作家遗孀

布罗茨基（苏联出生的美籍犹太裔诗人）说俏皮话的时刻是可爱的，虽然读来如此苦涩——他给娜杰日达写的悼词中，不乏讽刺地说俄国在20世纪30、40年代制造出如此之多的作家遗孀，到60年代中期，她们的人数已足以组成一个行业工会了。

除了这本书，众所周知的还有帕纳耶娃的回忆录、安娜·陀思妥耶夫斯卡娅的日记、索菲亚·托尔斯泰娅的《我的一生》。俄国知识分子遗孀的经历，类似著名的二月党人家庭遭遇，除了绝望与凄迷外别指望发现其他。立即想起卡特琳娜《新娘日记》里的淫乐描写，惊出一身冷汗：投胎地简直太关键了！

多年前从鲁羊的小说气质，猜测他必有诗作。粗略读过后，却庆幸先读的是小说。显然，任意一个木匠都难以同时站在两种手艺的巅峰之上，那样的话，读者也会跟着他发生严重的劈叉事故。

二〇一六年五月十八日

读《曼德施塔姆夫人回忆录》

〔俄〕娜杰日达·曼德施塔姆 著

《曼德施塔姆夫人回忆录》。俄罗斯著名诗人曼德施塔姆的妻子所写的回忆录。

二〇一六年五月十九日

读《我负丹青：吴冠中自传》

吴冠中 著

《我负丹青：吴冠中自传》。吴冠中先生的自传。老先生书中前言里写：『书分三部分，第一部分「生命之流」，即随着岁月的流逝和生活的经历，记自己思想感情的成长、发展、转变与衰落。第二部分「此情此景」，便全是局部放大图，包括有关生活的、文艺观的，其中不少文章都是当年针对现实而发，并引起过强烈反响和争议，一字不改呈奉于新读者前，读者有最大的自由选择自己有兴趣的篇章。第三部分是年表，那是生命支付的账单，备查支付的误差。』

原来列宾很蹩脚

合时宜还是不合时宜，不重要，过着自己相信的生活才重要。比如虽短缺、却利他的生活伦理在20世纪50—70年代的炫目光泽，就是“相信”带来的。但是这样的伦理模型的问题在于它的不宽容，您喜欢香蕉，不喜欢橘子，可以讨论橘子的口感甜度与香蕉的差异嘛，而不是去砍伐橘树——甚至有一天丧失了砍伐权，还是一个也不宽恕。这不是鲁迅精神，这是退行现象加返祖现象的偏执狂病态精神。

“（改革开放后）在一次全国美协的理事会上，江丰（曾任中央美术学院院长）讲演攻击抽象派，他显得激动，真正非常激动，突然晕倒，大家七手八脚找硝酸甘油，送医院急救，幸而救醒了。但此后不太久的常务理事会上（可能是在华侨饭店），江丰讲话又触及抽象派，他不能自控地又暴怒，立即昏倒，遗憾这回没有救回来，他是为保卫现实主义、搏击抽象派而牺牲的，他全心全意为信念，并非私念。”吴冠中先生这语气是同情和感慨，因为江丰50年代的“趋时”和大家90年代的“不趋时”，俱是相信，不是趋附。同样的情况在《又见昨天》中，就是相反的情况。我曾去吴冠中先生家中看望过他，就像看见一块“合时宜”的化石。

《忆初恋》一篇最是清新可喜，吴先生19岁的痴态活跃纸上。少年对倾心女子的渴慕，如天崩地坼。按照精神分析学派的“升华说”，他后来的惊天成就，以及对自己成就的寡淡，乃有因可溯。当然《父亲》也写得好，念及反哺之情，深感子欲养而亲不待，想起希伯来谚语“父亲帮助儿子的时候，两个人都笑了；儿子帮助父亲的时候，两个人都哭了”。

一生要做的主要的事，必须是自己感兴趣的，做这样的事情，才会不计功利，才会忘我。没有“忘我”过，就等于没活过。

一次我们一同在普陀海滨作画，我照例不吃中饭。不知钟蜀珩自己饿了还是为了保护我的健康，去附近买来几个包子叫我吃，她说看朱先生（我妻）的面上吃了吧，否则只好抛入海里了，我吃了，但还是感到损失了要紧时刻。无论多大太阳，即便在西双版纳的烈日下写生，我从不戴草帽，习惯了，钟蜀珩见我额头一道道白色皱纹颇有感触，那是写生中不时皱眉，太阳射不进皱纹的必然结果。我们离开舟山回宁波，到宁波火车站，离开车尚有富余时间，我们便到附近观察，我被浜河几家民居吸引，激动了，匆匆画速写，钟蜀珩看看将近开车时间，催我急急奔回车站，路人见我们一男一女一老一少在猛追，以为出了什么事故，我们踏进车厢，车也就慢慢启动了。这民居，就是《双燕》的母体。

吴先生在那么苛刻的时代，对鄙陋的物质条件安之若素，是“忘我”所致。

吴冠中从法国归来任教于中央美术学院，教波提切利（意大利肖像画的先驱）、尤特利罗（20世纪法国画坛最杰出的天才画家之一）、莫迪利亚尼（表现主义画派的代表艺术家之一）时，全国狂热推崇的列宾（俄罗斯现实主义画家），他竟然闻所未闻。查阅后发现列宾在西方美术史中是个无名之辈。可见人和人知识背景和精神营养的区别，会深度影响他的命运，今天也一样。

二〇一六年五月二十八日

读《古代中国考古学》张光直 著

《爽》李爽 著

《古代中国考古学》。美籍华裔学者，人类学、考古学家张光直所著。书中详细阐释了从旧石器时代的遗存开始，到中国北方地区、南方地区新石器时代文化的发展，再到中国文明相互作用的基础和范围，以及夏商周三代和三代之外的文明。

《爽》。记载了一名中国女性整个青春的成长历程。作者李爽是一九七九北京『星星画会』创始期唯一女成员。二十四岁，李爽与她的未婚夫、法国外交官白天祥（Emmanuel Bellefroid）同居而被以有损国家尊严等罪名逮捕，并被判处劳动教养两年。白天祥回法国后要求法国政府出面保释李爽。一九八三年，法国总统密特朗访华提出此事，李爽才被释放并被允许去巴黎。

百年中国奇女子也！

由于张光直这本书，近期必须补读宋代吕大临和清代李遇孙的作品。与安特生（瑞典考古学家）和李济（中国考古学史上首次正式进行考古发掘工作的学者，被认为是“中国考古学之父”）的兴趣点一样，下一步应当把考古学的重心放在“探究礼制起源、填补经史空白、纠正前学谬误”的问题意识上来。很后悔中学生物课没学好，因为想贯通公元前300万年—公元前1000年的学术，则需要下足“孢粉学”的功夫（冰期后泥炭沉积物中花粉与孢子的含量反射气温与降水量）。另外，这本书勾起了我考察古籍中所记载的“云梦之泽”（云梦泽，又称云梦大泽，为中国历史上最大的淡水湖之一）和“彭蠡之泽”（鄱阳湖。王勃《滕王阁序》有“渔舟唱晚，响穷彭蠡之滨”）残余的兴致以及研究“二次葬”（又称迁葬。原始社会的一种葬俗。即在人死后先放置一个地方，待尸体腐烂以后，再迁到另一个地方举行第二次埋葬）的极大兴趣。

《爽》是一本奇书，李爽就是1960-1970年代纽约黑豹组织（black panthers）总部漂亮黑人女侠阿萨塔·莎库尔（Assata shakur）的中国版，她被捕前来引诱她的那两个“朋友妻，不客气”的法国货之一，居然就是柏纳德·布希库！——伟大的《蝴蝶君》的主人公！三年前激动过我的伟大作品！

李爽，百年中国奇女子也！

秦桧这骂名背的

二〇一六年六月三日

读《陈乐素史学文存》

智超 编

《陈乐素史学文存》。陈乐素先生有关史学的论文集。

陈乐素是史学大师陈垣的儿子（与谭其骧在抗战时期的浙大是同事），幼小即在家里读竹简斋《二十四史》，家庭濡染的重要性，真是后天努力不可比的。

陈乐素对“倭”的研究沉潜很深，我对他感兴趣的发掘有三：

一、李纲等所有大臣均强烈主张高宗驻跸建康（南京），否则经营中原、河朔再无希望，愧对那里的人民。然而王伦带信儿说金人不归还渊圣皇帝时，他竟“大喜”，为统治权的延续真是不顾廉耻了。秦桧这骂名背的，比李鸿章还冤。

二、元祐党人贬岭南，根子在仁宗之后积累的入仕文人太多，程颐的洛党、苏轼的蜀党、刘挚的朔党……必定无一善终。下次到桂林专门找一下龙隐岩的《元祐党籍碑》。

三、《日知录校注》看出了顾亭林的“平生志与业”，功归于陈先生对黄汝成与潘耒校勘本的厘清。

另：他爸（陈垣）研究的“避讳学”是一绝，而关于“崖山”的论点，我想写个东西与他辩一辩。

进来吧，小鸡仔

小略萨14岁那年不听爹的话，去上一所海军学校。

学校里高年级的学生有权抽低年级学生大嘴巴子，如果谁流氓一点就可以被迅速尊为“狂人”。一天，他和另一“狂人”（13岁）私下聊天，才知道彼此都在吹牛而已，他俩其实都是纯种的童男子。

震惊之余，俩小兔崽子相约礼拜六去逛第四街区（一次20索尔，全是冒充法国女人的巴西女人）。那天，他们怀揣20索尔，穿越“人间废墟”（即一次只需要2索尔的、充斥着本地丑陋女人的第一街区），来到梦想中的第四街区。

足足溜达了十几个来回却不敢进门，俩兔崽子一个比一个慌乱，“鼻孔像烟囱一样不停地冒烟”，直到一个卷发老女人在窗口对他俩大喊一声：

“进来吧，小鸡仔！！！”

二〇一六年六月五日

读《水中鱼：巴尔加斯·略萨回忆录》

〔秘鲁〕马里奥·巴尔加斯·略萨 著

《水中鱼：巴尔加斯·略萨回忆录》。诺贝尔文学奖得主巴尔加斯·略萨文学、政治回忆录。马里奥·巴尔加斯·略萨是世界级的小说大师，被誉为『结构现实主义大师』和拉美『文学大爆炸』主将之一。

这种“严肃”的青年，现在没有了

二〇一六年六月八日

读《章开沅文集》（第六卷）

章开沅 编

《章开沅文集》第六卷主要收录章先生思想文化方面的论文。章开沅先生是著名历史学家、教育家、思想家，美国奥古斯坦那学院（Angustana College）荣誉法学博士，日本创价大学与关西大学名誉博士。

章开沅的解释体系囿于20世纪民族史学视野，不烦细读，但有些话题好玩：

1. 钱单士厘（在清光绪年间，以外交使节夫人身份，随同丈夫出国长达10年之久，游遍日本和欧洲各国）的生平，充分说明开阔见识对女子修养的重要。她的《癸卯旅行记·归潜记》，女孩子必读；

2. 冯桂芬（曾师从林则徐。道光朝进士。改良主义之先驱人物）在《校邠庐抗议》提出“以中国之伦常名教为原本，辅以诸国富强之术”，上承“师夷长技”，下启“中体西用”，成为近代中国和稀泥的典范源头。次年，日本人发现《海国图志》在日本有20多个刻译本，而在作者的祖国竟已绝版；

3. 容闳（中国近代史上首位留学美国的学生）读耶

鲁缺乏学费，美国某校愿资助，条件是学成后回中国传道，被他严肃拒绝。这种“严肃”的青年，现在没有了；

4．容闳母亲问大学文凭与学位课“可博奖金几何？”，他耐心解释说大学教育在于“造就一种品格高尚之人才，使其将来得有势力，以为他人之领袖耳！”这是典型的耶鲁语言，知识就是力量（势力）即耶鲁人在各行各业谋求领袖群伦的根基。（见《西学东渐记》）

5．刘坤一（湘军宿将。提倡兴学育才，有“江楚三折”的典故）、张之洞、盛宣怀（洋务派代表人物，有“中国高等教育之父”美誉）于义和团运动期间的“东南互保”，是奇伟的大战略，必须好好研读，以后用得着。

拒绝是很不易的高贵

二〇一六年六月十三日

读《三国志》

〔晋〕陈寿 撰

〔南宋〕裴松之 注

《三国志》。与《史记》《汉书》《后汉书》并称为『四史』。

拒绝是很不易的高贵。

曹操的夫人卞后出身"倡家"（从事音乐歌舞的乐人），曹操得了几件名饰让她选，她选了中档的，说法是"取其上者为贪，取其下者为伪，故取其中耳"。好权谋和风度。

再看董卓，由于来者不拒，贪而肥硕。为吕布所杀后暴尸街头，身躯肥胖，又逢热天，脂流于地。"守尸吏然火置卓脐中，光明达曙，如是积日"。

吕布丧命于白门楼，幕僚陈宫被擒，曹操想让他活命，他淡然拒绝，固请就刑，曹操为之流泪，认为这才配叫壮烈。

而祢衡的拒绝方式则是狂，曹操对他，犹如后世袁项城之对章炳麟对勋章的拒绝。

再譬如蒋济，他劝曹爽归顺，中了司马懿的阴毒，责己失信于曹爽，拒绝司马赏赐，发病而死。此乃残酷政变中的政治道德，所谓不为利回，不为义疚。

关羽死后的谥号其实是“壮缪侯”，其中有菲薄之意，对他的全面神话是在宋以后了。这是后世独裁者和蒙昧者对真相的拒绝。中国的某些拒绝方式越来越不堪，直至今日有“拔一毛以利天下而不为”。

二〇一六年六月二十四日

读《聂鲁达传：闪烁的记忆》

〔智利〕维吉尼亚·维达尔 著

《聂鲁达传：闪烁的记忆》。聂鲁达挚友、智利的文化记者维吉尼亚·维达尔撰写的诗人传记。

如果没有过，真是白活了

传记不连续写，捡重点写，据说是《闪烁的记忆》这个书名的来历。西班牙语里对“闪烁”（crepitar）的定义是“发出重复、短促的声音，仿佛粗盐撒在火焰上”。看似不连贯，其实是忠于史实，捡要紧的说，类若素描，寥寥几笔，神采就出来了。其实司马迁也是这么写的。

太喜欢聂鲁达的诗了，阅读时那种惊喜只有昌耀写于1962年的作品给过我。也为他庆幸，因为陪伴过他的两个女人。

一个是马蒂尔德，多年前在圣地亚哥森林公园一场夏日音乐会上相识并立即共度良宵，之后一道去危地马拉玩，旅途中他俩是各种玩笑的同谋、鼓动者、默契者。多年后重逢于墨西哥，聂鲁达这样说：“有人个子比你高，高过你。有人比你更质朴，更纯洁。有人比你更漂亮，更美丽。但你是女王。”

可他又狂热爱上了“女王”的侄女——一个苦出身、清秀、栗色头发、素面朝天、带着个红发女孩的自卑的穷亲戚，在黑岛，阿丽西亚给了诗人巨大的安慰，聂鲁达写道：“我收集你的泪花。”

她也变了，不再是那个羞愧、自责的弃女，散发出自信女人的魅力，直到有一天两人被马蒂尔德堵在了被窝里。她被彻底赶走，终生未再见到他。

聂死后，这个悲苦的女人裹上头巾，偷偷走在葬礼的庞大队伍里。一边绝望地哭，一边想起他写给她的诗：

“遗忘之树，就在这里；

我取其一段木，刻上你的名字。”

——这情形是我的想象，爱是残缺和无望的才好，那种凄艳的爱，如果没有过，真是白活了。

二〇一六年七月四日

读《猫王》

〔美〕鲍比·安·梅森 著

《猫王》。美国当代女作家、著名短篇小说家梅森以小说家的洞察力描述了眼中的猫王。

这个满脸痤疮的羞涩男孩

企鹅的传记系列，覆盖各个领域，但必是领驭者。

在作者梅森看来，埃尔维斯·普雷斯利（Elvis Presley）一生都在承受出生成长地密西西比州东图珀洛乡村的精神影响。他是双胞胎男孩的弟弟，哥哥是三分钟前作为死胎生出来的，因此他一生被家里宠爱纵容。

母亲贫穷，但跳巴克舞时慵懒性感。猫王恋母情结不是一般的深厚，格拉迪丝拾棉花时，小猫王牵着麻袋一角亦步亦趋，同时下决心改变家庭困境，与80年代承担改变家族命运使命的中国农村少年很类似。

福克纳和猫王的出生地只相距15英里，要了解猫王家庭的特点，读读福克纳就清楚了。《押沙龙押沙龙》中萨德本对公正的梦想，就是小埃尔维斯创作《没事了》时的梦想。在当地学校，这个满脸痤疮的羞涩男孩为引起大家注意，上学竟然画眼妆。这是他后来演出形象标识的预兆。

1965年8月27日披头士乐队来拜访猫王，这是个伟大的日子。披头士是以粉丝的敬畏心态来看他的，场面很尴尬，粉丝和偶像都默不作声，尴尬而有趣。类似的历史场景很多，值得考据一番。

死前一年，猫王戴着特工徽章四处管闲事，见人打架就上去干涉，结果人家看见他就和好了，与他狂热合影。妈妈的，成“和平大使”了。是他享受这种事情吗？不，是强迫症，是绝望的抑郁，是死期将至。

二〇一六年七月十二日

读《高二适手札》

高二适 著

《高二适手札》。高二适先生的手札合集。高二适是近现代著名书法家，有『当代草圣』之誉。曾与郭沫若有『兰亭论辩』。

书风激荡，人品峥嵘

老师提及的高二适，号"舒凫"，瞧瞧这俩字！1965年他发起震动一时的"兰亭论辩"，在当时已经黑狞战栗的政治雨幕中，真让人替他有种"盲人骑瞎马，夜半临深池"的担忧。果然"文革"祸起，他的藏书悉数被抄家掠去，惊怒交加之下立即写信给章士钊，请他帮忙索还，并愤懑道：我在电视上见主席家拥有大量的书，我为什么不能有书呢？

朋友在他死后所送的挽联中，熊秉明先生"书风激荡，人品峥嵘"两句最是准确。2007年酷夏，曾专程赴南京白下六合里寻访他的故居，环境脏乱，感受很糟。但离开后径直去登了假阅江楼，倒是印象不错，有"舒凫"感。

有史以来最阔达的职业！

二〇一六年七月十六日

读《尚书·禹贡》

《尚书·禹贡》。战国时魏国的人士托名大禹的著作，内容为设想在当时诸侯称雄的局面统一之后所提出的治理国家的方案。《禹贡》以自然地理实体（山脉、河流等）为标志，将全国划分为九个区（即『九州』），并对每区（州）的疆域、山脉、河流、植被、土壤、物产、贡赋、少数民族、交通等自然和人文地理现象，作了简要的描述。

幼时以为禹不过是个水利部长，随山浚川，任土作贡，最终“禹锡玄圭”——得了个国家最高科技奖，功成身难退，稀里糊涂接了帝位。今夜再细品此篇，惊叹他被委以“随山刊木，奠高山大川”之重任——负责给高山大河命名！

这真是有史以来最阔达的职业！

假如乾坤可以倒转，我十分愿意追随在他屁股后做个参谋。另外，“五百里绥服，三百里揆文教，二百里奋武卫”，他治水之后形成的九州郡图，竟然至今格局未改，重大会议期间的首都、河北、天津、山东、山西、辽宁……根据圈圈的远近，拱卫帝师的功能各有不同。

祖宗之法，殊易变哉？

《自由》。美国著名小说家、随笔作家乔纳森·弗兰岑讲述了一个美国中产阶级家庭的故事。

玩笑

小说中女主人公帕蒂感到“如果你想有个盛大的葬礼，死得早不无小补”。

没有人生路线图的人，一出生就被判刑了，刑名比苦役和枪决更残忍——叫“自由”。

此在能是某种东西（能在）。但它尚不是某种东西——它永远被它所能是、它所将是的东西（未来的自己）亏欠着。想到这一层以后，有个所有人都实实在在亏欠着的东西就阴鸷而不动声色地出场了，它的名字叫死亡。它有个仆人叫时间。仆人高举着一件叫倒计时器的东西。它们异口同声地质问你：你能是什么?

存在就是被一个压根不存在的名叫“他人”的影子吓唬得战战兢兢，丝毫不敢造次。这样子渐渐把时间耗完，人就死了。

巴门尼德（古希腊哲学家）说存在与认识同一，是说什么是真理，你自己可以决定。我看到人之将死、其言也善的事情，常常痛惜不已，此间的道理类似于人死了钱没花了。

人都得死，但死暂时还没来。这个“但”字把人又引入日常的忙碌中，死被推迟到了渺茫的未来的某天，目的是妄图掩盖一个悬临的事实：死随时随地都是可能的。因此更少的人愿意去这么想：我要向死而生。我曾写过一首诗献给弗兰岑：

这真是一个冷酷的玩笑。
生活从傍晚重新开始振作，
这不是我想永驻的乡村。

深夜的河流比月亮还沉默，
这是我对自己的唯一比喻。
深夜，我仿佛才懂得，
我要寻找一棵竹子，
踏莎无数，我悲哀地路过，
成败取决于这次固执的寻找。

我的热情曾经熙熙攘攘，
却与寻找无关。
在热情耗尽的那一天，
他们把全世界的灯塔都赠给了我。
那时，早已卑微而老迈，
我只剩下一口声名狼藉的棺材。

二〇一六年七月二十九日

读《刀锋》

〔英〕威廉·萨默塞特·毛姆 著

《刀锋》。英国著名小说家、戏剧家威廉·萨默塞特·毛姆主要作品之一。小说讲述的是美国青年飞行员拉里·达雷尔参加第一次世界大战的故事。

他的思索却被遗忘了

毛姆的时代已过去快100年了，一个事实是：他的思索却被遗忘了。这不奇怪，我们忘记庄子多久了对不对？

毛姆对文明的质疑，仍是一种“现代性”惯性，不过我觉得非但不陈旧，反而会带给读者持续的震惊。读者，当然是甄别后的读者，比如在小说中，每天计算投入和产出关系的艾略特，还能在拉里面前惭愧得无话可说；很庸俗但也很可靠的伊莎贝儿，内心的风暴隐隐刮起。索菲这个很彻底的女人，在毒品、酒精和性里醉生梦死。她的世界没有折中的东西，所以让拉里着迷，这是拉里的深度。

周煦良先生的译笔偶尔很古怪，比如“晃膀子”，我老家把这种行为叫“瞎圪溜”。

一个朋友说：拉里向我显示，我现在已经离开真实、单纯、自由的内心生活多远，虽然身边人都以为我正在过着它。

其中奥秘，可不就是那句：握紧了，什么都没有，张开手，什么都在其中。

村里的仙姑神汉

张冲本是乖巧娃，正青春被一群老逼戕害成了裂枣歪瓜。这是福柯话语规训理论的一个中国版“逸出者”案例。

“逸出”容易有故事讲，不易讲的是秩序如何无声无息地耗枯一个生命。20年前我曾经猛烈抨击“新写实小说”漠视存在的残忍，现在回头看，琐碎生活本身就是惊心动魄的残忍。如小崔与朱军的和解一样，我与新写实小说也和解了。

世界上哪有那么多的凛然和悲壮？真正的悲壮是生命的琐屑、怯弱与无足轻重，其余都是概念附体。

就像，需要的时候就乌哩哇啦，渐渐地，农村里的仙姑神汉自己就被乌哩哇啦感动了——他们完全当真并且迷上了乌哩哇啦。这是一切意识形态的秘密，概莫能外。

二〇一六年八月三日

读《少年张冲六章》

杨争光 著

《少年张冲六章》。作家杨争光用五年的时间写了一个成长与『堕落』的故事。

二〇一六年八月五日

读《胡莉娅姨妈与作家》

〔秘鲁〕马里奥·巴尔加斯·略萨 著

《胡莉娅姨妈与作家》。略萨讲述了一个青年作家与胡利娅姨妈恋情的故事。

背叛·晕眩

终于把《胡莉娅姨妈与作家》看完了。

这个女人，的确不枉略萨为了她与惺惺相惜的铁哥们儿、南美文学巨擘加西亚·马尔克斯反目。因为姨妈也不吝啊——小说最后，伊把发簪、手镯甚至全部衣服都卖了个精光（与《霍乱时期的爱情》中阿里萨和费尔米纳的“作”劲儿有一拼），买了一张到利马的机票。这样子，可以早一分钟与小巴尔加斯接吻，早一分钟帮他外甥选择小说的结尾。把八年最好的时光给他，然后和他离婚，让他娶凶悍的表妹。

离婚的原因被隐藏了，小说结束时作者顾左右而言他，仿佛心已枯死。唯有告别，才美得那么令人心悸而欢喜。我曾经写过一首诗献给略萨：

凄楚可以表演

为什么要在九月想起雏菊，

并且迷信她能够战胜时间，

骑士说：

因为在梦中，我把头颅送给了她。

在她面前，

我用尽了我的余生，

我迷惑的不曾领悟的余下的一生，

全部拿出来，

献祭给这最后的审判。

从草原到乡村，

丢失头颅之后，继续燃烧我的心，

我枪毙一个，让她腐烂，

之后我迷恋另一个。

二〇一六年八月十九日

读《与二哥书》

《与二哥书》。张兆和先生小说、散文、日记、书信的合集。

张兆和 著

与沈从文无关

丹麦哲学家日兰·克尔凯郭尔狂热喜爱两样东西：天空的飞鸟与原野的百合。因为它们身上有一种“神圣的缄默”。

谈及这两样东西，他还没头没脑地说了一句：

“你应当重新成为孩子。”

现代文学史上，张兆和是一位被深深遮蔽掉了的作家。她一生的低吟浅唱，使得她像天空缄默的飞鸟与原野缄默的百合。她温润而贵重的性灵，以及光华内敛的文字，被阻挡在了现代文学那一群“巨无霸”身影的背后，特别是被阻挡在了沈从文高大身影的背后——这几乎乃一切才女所命中注定的：休斯与普拉斯那样的“夫妻双璧”终于反目，而杨绛的韵味只好等钱钟书死了才荡漾出来，李清照之灼灼文名竟不能令她摆脱被骗婚的凄怆命运。

自存在的元意义而言，作家与作品的最高境界，就是重新回归到孩童的境界——以孩童来自天性的勇气，去质疑这个已被全面物拘化了的不可救药的世界。我指的是那“一种自我完全舒展的状态，其中蕴含着由心灵的澄明而显现出来的生机”。张兆和作品的意义，就在于告诉我们，一个教养上乘的女子，如何以一种简约而澄明的孩子般的态度，面对起伏明灭、叵测无常的历史的同时，转身来面对匮乏无趣、庸常花俗的日常生活。与丈夫沈从文对断井颓垣之历史的怅惘感喟不同，她的“二小”“招弟”“小还”“玲玲”们，于憨厚纯真背后更有一种干净与坚韧，进而引导我们窥见了如何描述“活着”甚至干脆如何“活着”的哲学。

一部现当代小说史，要么拼命烘托那些自居为历史使命的“气吞山河”的庞然大物；要么就去记录那些最终归依了日常生活的沉沦者。我拒绝阅读当代小说的理由很简单——作家们总在告诫那些被存在的痛苦吓得无所适从的读者：何妨用取消行动来取消失败！或许他们是想展览这一幅被秩序钳抓着的耸着身子的爬虫群图景使读者羞愧，激怒读者，刺激读者去查究吞噬成长的琐碎生活背后更深广的生存匮乏根源，催促读者去做梦……？我并未看出这样的企图，看见更多的是对人生目标感与成就感阙如而产生的挫折与焦虑的抚慰，更多的是对热也好冷也好活着就好的蚊虫般的生命的讴歌。盘点一下今天中国人的生活世界，无处不见粗鄙的欲望对人的鞭策与奴役，抑或人对日常生活的无条件投降！“专家没有灵魂，纵欲者没有心肝”式的当代生活把我们囚闭在了异化的“牢笼”里，当下小说明显地卫护着这一事实。张兆和文字呈示的孩子气般的安谧，实在是对当下这些颇具“笨伯”气质小说的无声的讽刺。

作为一个反证，张兆和作品表明在一个“祛除巫魅”（一切终极与崇高的价值从公众生活中隐退）的世俗化生活世界中，有一种文字，有一种生活，有一种人，以圣埃克苏佩里般的寓言姿态，以汉语的面目呈现过。当代文艺印兆的那个韦伯、舍勒、马尔库塞、安东尼·吉登斯等西哲所担忧的现代性困境的中国版本（一方面是物欲的无所不能；一方面是超验精神大面积萎缩的文化败血症）不会因为张兆和的出场而出现任何挑战。因为张兆和的被重新认识，根本无从如顾准、陈寅恪“出土”那样构成一场文化事故。但张兆和出场了，经验世界自身生产自身的控制方式（比如工具理性与实用理性）将生活全面物质化，以建立一个具体的、在空间上可以确定位置与形状的“人间天堂”的强硬逻辑，总不能永远那么霸道且不容置疑吧。张兆和的疑惑也是我们的疑惑——它真的是天堂吗？没准它是一个“动物园”呢？

可能是个误会，因为没有几个人喜欢通过读书彻底消灭自己的贪嗔痴，大家要的是《读者》式的按摩心灵的小品文，不要灵魂的撕扯冲突，不要日常生活被“重述”的旨趣。但不可否认，一定还有人喜爱张兆和这样的“异数”……张兆和竟然成了“异数”。

《与二哥书》，是历史上张兆和作品首次完整出版，因此意义非同寻常。

其中不少篇目是与沈从文先生的唱酬（他俩的爱情简直是传奇，读读张允和那篇《半个字的电报》吧，简直要羡煞年轻人），但自成机杼，所以从品质上说，与沈从文无关。

二〇一六年八月二十二日

读《脱腔：阿城文集》

阿城 著

《脱腔：阿城文集》。阿城先生亲自编订的散文随笔与谈话集。

阳气之难，难在纯阳

阿城这个人，一是“厚”，一是“通”，但他连大学也没上过，高考恢复后“懒得考”了。一个人不小心进了女厕所，被人当成了流氓——这是他由画家转而写小说的自况。

许多道理，我也深有同感，但阿城真是比我们表达得好！譬如：

1. 有独立基因的线粒体，或导致共生，或导致双输；

2. 设身处地是一种能力；

3. 能问为什么的能力，高于知识；

4. 阳气之难，难在纯阳，比如哪吒；

5. 星星画展的画家游行，路边来上访

告状的乡下人扯着阿城的袖子问这些长头发的城里娃在干啥，“有人结婚！”“我他妈的能说什么！”

6. 境界就是比一般感受和情绪高的东西；

7. 这个事情没有什么。

他永远给你一种优越感，不是那种盛气凌人的优越感，是不显出的自信。

于阅读于写作，写什么都可以，怎么写却能看出一个人的见识。

写东西，是热气腾腾地掏出五脏六腑，还是切一小段肠子加工，我也很清楚自己的路数。这一点上，自忖不输。

二〇一六年九月八日

读《逝去的武林：一代形意拳大师口述历史》

李仲轩 口述

徐皓峰 整理

《逝去的武林：一代形意拳大师口述历史》。口述者李仲轩老人出身于书香门第，年轻时拜入唐维禄、尚云祥和薛颠三位形意拳大师门下，武林名号『二先生』。三十四岁自武林退隐，遵守对尚云祥的誓言，一生未收徒弟。及至晚年，机缘巧合，与作家、导演徐皓峰相遇，将自己的武学经验和盘托出，遂成此书。

十句话藏三句，其实是雅量

近期电影《刺客聂隐娘》《山河故人》《老炮儿》之外的《师父》被很多人忽略了，但徐皓峰已经因为这部电影和之前出版的几部武林杂说，将成为我们曾经身处过的这个卑琐时代发光的暗物质，并被有灵魂的后来者记住。

与《武人琴音》的课后深情相比，《逝去的武林》更像正课的课堂。它也教存在哲学，但隐于形意拳的师承与招式之内。其中一些道理很硬，很倔强，高人之所以特立独行，往往是因为他只会这个。譬如：

本领要隐藏起来办大事，对于私人恩怨，摆出一副窝窝囊囊的样子最好了。

孔子训练子路一言以服众的本事，非说不可，则十句话藏三句。我理解其实是雅量。

唐维禄击败过一位开宗立派的大师，

却严令弟子们不许宣扬。这仅仅是武德吗?人家凭什么主持国术馆?

鲁提辖拳打镇关西，先以买肉为幌子把对方累个半死，流氓无赖都善于玩此类心计。不是大智慧。

一生跟过大师傅，才能学得“入象，化脑子”，即不恋不迎，见招拆招，碰着什么就出什么功夫，双眼清亮，目光中有慈悲，一举一动悠然自得。

规矩有时候就必须搞大点，后学者才信。

失意之人不妨读读《聊斋》。

闭目、咬牙、耳内敛、鼻静气、脑静思——“闭五行”是高级内功，好好练能活100岁。

……

这些道理，果真如作者所谓“下雨之前，迎风有一点潮气”，令人怦然心动，若有所悟。

读《千利休：无言的前卫》

〔日〕赤濑川 著

《千利休：无言的前卫》。日本前卫艺术家、作家赤濑川原平为开创日本茶道的大宗师千利休写的传记，没有繁文缛节，只有鲜活现场。

对木雕像处以磔刑

400多年前，丰臣秀吉下令，对利休的木雕像处以磔刑。

行刑地点在京都堀川的一条戾桥下。

这真是奇特的做法，因为丰臣秀吉面对面说不过利休，想以这种方式既表达敬佩，又表达反感，同时表达深情与任性。

日本人的心理……真是微妙到芥子。

不久后，利休剖腹自杀。

女作家野上弥生子写了一本小说《秀吉与利休》，后来还被拍成了电影。

这个千利休，与日本著名的“茶道”有重要关系，茶道作为一种宁静的、闲寂的艺术，始于他。他喝茶时，永远沉默寡言——但在丰臣秀吉面前却能言善辩，使秀吉自卑。

千利休是个艺术家。

话说利休在京都的庭院里，种了极其罕见的牵牛花，缤纷缭乱，美不胜收。消息传到秀吉耳中，便要去看。利休在秀吉要来的当天早上，把花全部摘掉，只取一朵装饰在茶室里。

这是一步剑走偏锋的险棋，只有他敢这么做，天知道会不会激怒秀吉。

但秀吉彻底叹服！

这一来一往，我想蕴藉着“一期一会”的机智与悲情，将缭乱缤纷之美浓缩于一朵花中，此乃日本美学的极致。

如果你还不明白，就看看日本发行过的一张零圆钞票吧，四色印刷，具备纸币的一切要素，却没有面值。

二〇一六年十月十日

读《容斋随笔》〔宋〕洪迈 著

《洪门志》朱琳 著

《容斋随笔》。宋代学者洪迈所著笔记，其内容涉及经史典故、诸子百家、诗词文翰，以及医、卜、星、算等。

《洪门志》。详述了『洪门』的起源和发展，以及帮会结构、帮会规则、斗争策略、隐语切口等，其中大家熟知的人物有陈近南、孙中山、秋瑾等。

出挺，余下骑上马丢一堆

《容斋随笔》讲“将帅贪功”，人到了强逞自己的时候，诚可厌也！人心的腐朽，令人暗自心惊嗟叹。强人是时代拣选出来的，很多时候，我们什么都改变不了，甚至自己增生的智齿，况人心乎。

读《洪门志》，哭笑不得的是，历来正史讴歌的人物，如顾炎武、王船山、史可法、郑成功、陈近南……革命早期竟俱是当年黑社会的小头头，讲究帮会规则、香堂令词、隐语切口、茶碗阵等。

日常交流上他们已经不使用通行话语了，如把“自己”叫“余下”；“神佛”叫“哑巴”；“上厕所”叫“骑马”；“坐牢”叫“看书”；“不好意思”叫“出挺”；“戏子”叫“开口”；“小便”叫“丢线”；“大便”叫“丢堆”……

比如正开党员大会呢，孙中山对秋瑾他们说：“出挺，余下骑上马丢一堆。”气得门口偷听的大清朝巡捕一头雾水，忿揪自己的头发。

人一生短短长长

《明史·方伎传》中的“周颠”，言行乖张，身负异禀。周颠之前的宋代还有“济颠”，他为姓马的妇人驱淫虫，对女色若即若离……以及善幻术的冷谦、《虞初广志》中的应醉吾、《世说新语·德行/简傲》中的人物系列，乃至孙悟空，都是周伯通和桃谷六仙的渊源。外表不羁糊涂，内心清醒彪悍，一句话，生活世界不值得认真对待，玩世才是好的价值观。

《天龙八部》第五回写“莽牯朱蛤”咬死闪电貂，而大蜈蚣为躲朱蛤又钻进段誉腹中，朱蛤遂跟着进去追逐蜈蚣。两个剧毒物打通了小段的经脉，最终让他任性江湖，百毒无惧。

《倚天》第七回，殷素素拉着张翠山来到海边，读了一段《庄子》。此刻水何澹澹，山岛耸峙，藐姑射之山，神人居焉！素素想到从此要与这个男人在海边长相厮守，岁月无尽，以迄老死，心中又是欢喜，又是凄凉。

人一生短短长长，对我喜欢的英雄而言，最重要的习性不过三条：玩世不恭，百毒不侵，以及海一般的胸襟气度。

二〇一六年十月十五日

读《金庸小说来源之谜：金庸与还珠楼主》

刘卫英　王立　著

《金庸小说来源之谜：金庸与还珠楼主》。对金庸小说题材、人物类型、母题套路寻踪探源的书。

《老子》十句

二〇一六年十月二十日

读《老子》

《老子》。又称《道德经》。五千余字。分上下两篇，原文上篇《德经》、下篇《道经》，不分章，后改为《道经》三十七章在前，第三十八章之后为《德经》，并分为八十一章。

最喜欢下面十句:

1. 受国之垢，是谓社稷主；受国不祥，是为天下王。——《德经》第七十八

忍受的前提是理解，理解了就能忍受。不理解不宽涵的忍受，不是心平气和的忍受，只是忍声吞气，早晚还得发作，还不如不忍受。另外：当一把手，就是箭垛子的命，换谁都一样，不要心理不平衡。

2. 上善若水。水善利万物而不争，处众人之所恶，故几于道。……夫唯不争，故无尤。——《道经》第八

要滋养身边的人；遇到什么就是什么；谦静到低低的尘埃里（不开花），做到此三条，就和水有一拼了。别学人，学水——星期六早上端一盆水放在面前，琢磨去吧。

3. 持而盈之，不如其已，揣而锐之，不可长保。金玉满堂，莫之能守，富贵而骄，自遗其咎。

功遂身退，天之道也。——《道经》第九

物极必反。什么东西有局限，其实是好的；如果太满了、太锐利了、太富有了，危险就快来了。这规律屡试不爽，不信你就试试。44944。这成绩是我干的，但一矜夸，就瞬间贬值90%。看人家老天爷，生了万物而不持有；制造了世界的精彩而不恃功，功成不居之人才是高人呢。

4. 俗人昭昭，我独昏昏。俗人察察，我独闷闷。——《道经》第二十

大家都讲流行词，就我out了；大家都很精明的样子，就我笨笨的样子。

5. 少则得，多则惑。是以圣人抱一为天下式。不自见，故明；不自是，故彰；不自伐，故有功；不自矜，故长。夫唯不争，故天下莫能与之争。——《道经》第二十二

有利禄之徒把“舍得”解释为谋略，真真巧诈也。老子看来，拥有的越少，反倒获得的越多；什

么都想要什么都得有，那你就成蠢蛋一个了。“抱一”这个姿势，真好。

6. 鱼不可脱于渊，国之利器，不可以示人。——《道经》第三十六

国家别对老百姓太凶。社长别对编辑太凶。

7. 大方无隅，大器晚成。——《德经》第四十一

最大的器皿，人家没形状（没长成形呢），碰到什么装什么，想怎么装就怎么装。

8. 静胜躁，寒胜热。清静为天下正。——《德经》第四十五

含藏内敛，清寂寡言，时间长了，天下人都会向你学习。

9. 知者不言。言者不知。塞其兑，闭其门，挫其锐，解其纷，和其光，同其尘，是谓玄同。——《德经》第五十六

口才好的人其实是不懂装懂。真正的牛人，不显棱角，没有纷扰，和光同尘，是谓“玄同之人”——玄妙无比的人。

10. 知不知，上；不知知，病。——《德经》第七十一

知道表现为不知道，这才是高明；不知道表现为知道，有病。

《庄子》三句

1. **材之患。**——《庄子》内篇·人间世第四

成材了，危险了。

2. **曳尾于涂中。**——《庄子》外篇·秋水第十七

宁愿在烂泥中打滚。此间之安逸快乐，不足为外人道也。

3. **得鱼而忘筌……得意而忘言。**——《庄子》杂篇·外物第二十六

捉到鱼后，鱼篓子扔了也罢。领会了意义，不会表达也好。

《庄子》。也叫《南华真经》。庄子与老子齐名，被称为『老庄』。

《论语》。孔子及其弟子的语录结集。以语录体为主，叙事体为辅。共二十篇四百九十二章。与《大学》《中庸》《孟子》并称『四书』。

《论语》八句

《论语》是本修身的小册子，本意是教育幼儿园小朋友的。我开蒙时，如此重要的中国古典被封杀了，从课本上学了一肚子鲁迅和毛主席的脾气。今天我们这些饭后打着饱嗝、马路上随意怒射黑痰、生活中喜怒无常者大多也都快四五十岁了，圈起来重新补习幼儿园课程吧。

再读《论语》，试释下列几句：

1. 先行其言，而后从之。（《论语·为正》）

万言万当，不如一默。沉默的姿势可被理解为“不抱怨”“优越”“雅量”“伟岸”“涵泳”“永恒的胜利者”“永恒的可依赖者”。不是先想好了再说，而是先做完了再说，甚至做完了也不说。做到这些，运气就澎湃而至。

2. 士志于道，而耻恶衣恶食者，未足与议也。（《论语·里仁》）

志存高远之士，有高滔的道义与浩瀚的理

想时常激动着他。倘若他因为自己吃非名馔、穿非奢侈、行非宝驹、宿非豪宅而不安或羞惭，趁早割袍断义，别跟他扯。

3. 放于利而行，多怨。(《论语 · 里仁》)

一个人说话做事，总着眼于利益的话，不会有几个人稀罕他——甚至会被鄙视。超脱些清淡些，大家都舒服。

4. 不患无位，患所以立，不患莫己知，求为可知也。(《论语 · 里仁》)

现代社会的科层结构，总使人有升职不得、升职不快的焦灼。不怕你没有位置，怕的是你靠怎样的品质、德行和才识使人悦服；不怕自己籍籍无名，而要时常问问自己何德何能值得别人知道。一件事是很多事的集合，你没做到很多事，凭什么要求天上掉馅饼？凭什么这个世界就非得宠着你哪？无非遇到什么就是什么罢了。

5. 德不孤，必有邻。(《论语 · 里仁》)

德识好的人，何愁没有朋友哪？总会有声气相同的人来亲近他。

6. 巧言、令色、足恭……匿怨而友其人，左丘明耻之，丘亦耻之。(《论语 · 公冶长》)

对领导阿谀献媚、过于恭顺者，明明不喜欢某人却友善相与之人，很恶心。离他远点——近了必坑害你。有点格调的人都嫌与他交往丢人。

7. 后生可畏，焉知来者之不如今也？四十、五十而无闻焉，斯亦不足畏也已。(《论语 · 子罕》)

两天不学习不努力，就被年轻人追上和超过了。一个人到了四五十岁还默默无闻，那他这辈子也就歇菜了，趁早洗洗睡吧。

8. 君子有三变：望之俨然，即之也温，听其言也厉。(《论语 · 子张》)

什么是牛人？特点大致相同：第一眼看见他，觉得正直凛然；等接近他聊天谈论时，觉得温润包容、如沐春风；再和他打交道一块做事时，丁是丁卯是卯义正词严。别琢磨那点蝇营狗苟的鬼主意，否则他让你无地自容。

《列子》三句

1. 内诚不解，形谍成光。——《列子》第二卷 · 黄帝

内心沉静不够，举动轻浮，空有威仪。可耻。

2. 昼为仆虏，夜为人君。——《列子》第三卷 · 周穆王

白天辛苦受窝囊气，晚上做梦老子总有权当当皇帝吧。

3. 须臾之忘，可复得乎。——《列子》第三卷 · 周穆王

健忘多好啊，治好了健忘症，烦恼就来了。

《列子》。列子讲的故事。列子是介于老子与庄子之间道家学派承前启后的重要传承人物。

《孙子兵法》。『兵圣』孙武写的如何打仗的书。

《孙子兵法》三句

1. 兵贵胜，不贵久。——《孙子兵法》作战第二

关键是胜利，拖不是啥好事。

2. 全国为上，破国次之。不战而屈人之兵，善之善者也。——《孙子兵法》谋攻第三

不发脾气就能统摄他们，才叫高明。能保全国家尽量不要玉碎。

3. 择人任势。——《孙子兵法》兵势第五

根据当时的形势，用正确的人，而不是用人才。

《世说新语》三句

1. 备四时之气。——《世说新语》德行第一

不说话但脸上有；不批评但心有褒贬。

2. 万里长江，何能不曲。——《世说新语》任诞第二十三

看一个人，要看大节。小毛病当作长江里的漩涡好了。

3. 待小人不难于严，而难于不恶，待君子不难于恭，而难于有礼。

对待小人，对他们严厉苛刻并不难，难的是不讨厌他们。对待君子，对他们恭敬不难，难的是以合适的分寸与他们相处。

二〇一六年十一月十一日 读《世说新语》 刘义庆 著

《世说新语》。南朝宋临川王刘义庆领了一帮人记载的东汉后期到晋宋间名士的言行与轶事。

《昌耀评传》。评论家燎原为忘年挚友昌耀写的评传。

他的苦难配不上他这个人

2001年深冬，我在冰凉彻骨的南大鼓楼校区宿舍被窝里，哆哆嗦嗦读完了燎原的《海子评传》，当时在心里已把它与《梵高传》《陈寅恪最后20年》比肩。有意思的是，十年后，在我手里出了《海子评传》的修订本。

今天，又读了他的《昌耀评传》。

昌耀这个人，经历有点像我的一个前任杜高，实际情况比他还要惨烈——杜高"归来"之后，处境和生活安定下来，闲逸就是一种幸福。而昌耀，直到撒手人寰的21世纪初，还像另外意义（心灵？）上的劳教犯，他的苦难配不上他这个人。

我去过青海，从海东、海南到海西，再到德令哈，一路上都在默念他的诗：

子夜。

郊原灯火像是叛离花枝的彩蝶

……

这月光下的花苞

……

月亮骑士

跨在驴上

……

睡了的月亮

在驴背上摇晃

我不记得《慈航》《大山的囚徒》，记得的这几句，竟然是他1957年-1962年写的。再比如《凶年逸稿·在饥馑的年代》！知道这意味着什么吗？意味着那个丑陋的岁月里，站起来一位中国的聂鲁达或洛尔迦，牛汉和蔡其矫也未必有这样的深层艺术景观与语汇。

昌耀与几个女子的交往，堪称惊世传奇。燎原极其擅长写这样的段落——《海子评传》也是如此。杨尖尖、杨尕三姐妹，到底长得有多美？从照片上看，眉宇之间有摄魂之嫣然，昌耀是把她妄想成陀思妥耶夫斯基那个小书记员了，或者贝阿特丽齐？莎乐美？另外一个女子修篁有圣母气息，以至于昌耀说："我真想叫你妈妈！"但他能做的唯一一件有劲儿的事，却是：

骨脉在洗白、流淌，被吸尽每一神经附着

淘空，是击碎头壳后的饱食……

说的是他在自渎。

他死得与赫拉巴尔（捷克小说家。在医院五楼喂鸽子时堕亡。曾经在多本书中写过他要从五楼跳下自杀）一模一样，为了尊严，爬到病房窗户边，太阳说：来，朝前走。

张开双臂，一跃而下。

留下遗言，坚决要求回湖南与母亲合葬。50多年前，昌耀的母亲也是跳楼身亡的。

好吧，再多的理论分析，都不如尼采那句名言：

我爱这样的人：他创造了比自己更伟大的东西，并因此而毁灭。

因为他疼

不断乐出声来，温斯顿最终出卖了裘莉亚，偷偷在走廊上塞小纸条的甜蜜终于成了笑料，因为他疼。

想起我国的一桩类似事情：甲申之变后不久清军攻破了南京，钱谦益作为旧朝遗臣，又是一方名士，面临着命运的选择。柳如是劝钱谦益以死全节，钱谦益思索再三，终于点头同意。两人来到湖边，月光清冽，柳如是一脸悲切与圣洁，斟好酒，端一杯给丈夫，自己举起一杯，缓缓说道：“妾身得以与钱君相识相知，此生已足矣，今夜又得与君同死，死而无憾！”钱谦益受她的感染，也升出一股豪壮的气概，举杯道：“不求同生，但求同死，柳卿真是老夫的红颜知己啊！”两人幽幽地饮完一壶酒，月儿也已偏西，柳如是率先站起身来，拉着钱谦益的手，平静地说：“我们去吧！”

钱谦益从酒意中猛地惊醒过来，忙伸手到船外搅了搅水，抬头嗫嚅着对柳如是说：“水太凉……”

二〇一六年十二月一日

读《1984》

〔英〕乔治·奥威尔 著

《1984》。英国著名作家乔治·奥威尔写的政治寓言小说，也是一部幻想小说。

二〇一六年十二月四日

读《和王世襄先生在一起的日子》 田家青 著

《和王世襄先生在一起的日子》。王世襄先生唯一入室弟子田家青所著。记载了王世襄夫妇的美学趣味和日常生活。

与古琴精神不符

很少有书被我读完后，生出收藏欲，遂迫不及待下单购买之。这是其一。

董秀玉（前三联书店总经理）自三联书店退休后，以见识、声望与脉络创设"活字文化"，葆持品味，不求增量，果真叫人叹服。

王世襄《锦灰》系列翻过，其本人情况所知却不多，经他唯一的私淑弟子田家青娓娓道来，甚是活泼生动：

玩圈儿内自称"高手"者云，王世襄多面无表情地听，从不夸耀自矜。觉得不着调者，理都不理；对明白可教之人，三言两语便能点醒。此谓"真人不露相，高人不咋呼"。

比如看画，跟欣赏京剧一样，真正懂京剧的行家是"听戏"，听味儿听名堂，侧坐在茶座上，偶尔看看舞台。

王世襄的朋友也都是奇人，据赵萝蕤（翻译家，陈梦家夫人）说陈梦家（古文字学家、考古学家、诗人）一辈子没得过任何病，连感冒都没得过，只有脊背上长过一个小粉瘤，切除后就成完人了……所以他被“杀猪声”折磨得自杀了。朱启钤是古代织物大收藏家、历史档案学家，创建中国营造学社，创办故宫博物院，当过国务总理，袁世凯、蒋介石、周恩来都为他宴请祝寿，但社会上只知道他的学生梁思成，而不知这样山高海深般的巨擘大家，王世襄很不以为然，所以有人当面恭维他是“收藏家”时，他连声“实不敢当”并非谦词。

王世襄说话很讨厌“最好”“绝对”“最早”“唯一”这些词，他经常打断田家青说“你应当说，这是你至今所见过的……”他看图录时刷刷翻，一旦停下来按住，那就一定是好东西。他见过的器物90%不吭声，看上一件确实不错的，两个字：“嘿，好！”如果是特别打动人的、不得了的绝品，加两个字：“嘿，嘿，真好！”如果是古物，就加上一个断代：“够元，够明”——嘿嘿，和我在外面饭罢结账时说“好饭店！人民的饭店！”可一比。

田家青后来写《清代家具》一书所收珍贵家具照片下面的说明中，故意把尺寸写错，以防伪造。结果后来拍卖市场上竟然还是出现了赝品，尺寸也按照错的做伪，令人哭笑不得。

王世襄写文章有个习惯很好，写完后“挑废字”，以使之流畅。

1992年北京音乐厅举办古琴会，拜托田家青去请王世襄，田请他从来一请一个准，这次却被断然拒绝，王世襄说古琴根本就不适合在大庭广众之下演出，这与古琴精神不符，所以绝对不参加，这是原则问题，也是性质问题。某“琴社”非要请他们夫妇去参加开幕式，他的夫人生气了，说如果非要去，我就说你们应该立即解散。

德国总理送给中国总理一部奥迪A8防弹车，指定给中央文史馆王世襄等几个人使用，但王一次也没用，每次出门都是骑自行车或倒三趟公交车。他最津津乐道的是自己买菜做焖葱、丸子粉丝熬白菜和炸酱面，每年冬天自己换烟囱。他是簪缨世家的贵公子，却高人不摆谱，绚烂已极归于平淡，曾经沧海难为水。

王世襄的“放鹰”和“熬鹰”真是逗，人跟着鹰跑碰上庄稼地也得呼哧带喘追；熬鹰是6天，每天24小时，两人倒班看——就是盯着鹰对视，不能让它闭眼休息，鹰也玩心眼儿，常常闭上一支眼休息，人还得两面同时盯。

一生短促，要做圣人，做奇人。否则与蜉蝣何异？！

〔法〕高更 著

《诺阿诺阿》。画家高更在塔希提岛书写的散记。

真香！真香！

以极其紧张的心情读完了《诺阿诺阿》。

“诺阿诺阿”在塔西提语中是“真香、真香”的意思。作者闲来无事深入部落去聊天，一个美妇问他来干什么，他慌张之下信口答说来找个女孩。那美妇立即说我女儿不错，送给你吧！不容他考虑一小下，半个小时后就有好事者把一个12岁的女孩子推到他面前，让他带走了。

他被这一切弄懵了，昏昏沉沉地领着那孩子离开部落，身后的人们双眼紧闭齐声高喊：

“真香！真香！”

这是一本图画书，我像一个活宝儿童似的在窃喜中快速翻阅了它。

2017
拒绝内心溺亡

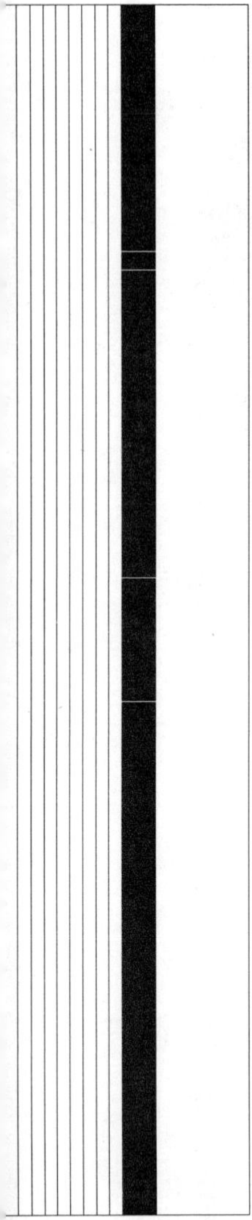

1903年圣诞节前夜，里尔克在寒冷的罗马给卡卜斯（Kappus，冯至的音译）写信，讨论青年人的“愁苦”，大意是：人，特别是青年人，会容易遭遇“严重的事情”，然后容易躲在习俗的庇护之下。

里尔克的表述是有趣的，他说广大的内心寂寞在生长，这很悲哀，就像春的开始。

人很多无耻的行径，都是因为害怕寂寞而做出来的吧。

2017年，完全猝不及防，我被委以更大的责任。

读圣贤书，所为何事？在那一刻，我被迫要回答这个问题。

王阳明说，当然是为了做大事业、负大责任、受大痛苦、逢大绝望。

2017年的读书，便成了王阳明意义上的知行博弈。“知是行的主意，行是知的工夫，知是行之始，行是知之成。”

与知相分离的行，不是笃行，而是冥行。

读了书，须在事上磨炼，方立得住。

事上磨，不在书中养气，如何正身？

二〇一七年一月五日

读《流动的盛宴》

〔美〕欧内斯特·海明威 著

《流动的盛宴》。海明威记录自己在一九二〇年代上半期以驻欧记者身份旅居巴黎的生活。《流动的盛宴》扉页上的题献——『假如你有幸年轻时在巴黎生活过，那么你此后一生中不论去到哪里她都与你同在，因为巴黎是一席流动的盛宴』，成为巴黎的『文化名片』，被广为传诵。

我看到了你，美人儿

海明威在巴黎的日子，貌似远不如在西班牙与非洲传奇，但这些不咸不淡的散文读来却甘之如饴。

《圣米歇尔广场的一家好咖啡馆》其实只描摹了一帧剪影：朗姆酒很甘醇，这时进来一个滑嫩清新的女孩，他注视她（海明威式的荷尔蒙），有点小激动和心神不宁，立即想把她安置进自己的小说情节里，但人家已经把自己安置在门口顾盼的地方，料想是在等人。他继续写作，削铅笔时卷曲的碎屑掉到酒杯下的小碟子中。

“我看到了你，美人儿，不管你在等谁，也不管日后我能否再见到你，现在你是属于我的，整个巴黎是属于我的，而我则属于这本笔记簿和这支铅笔。”

他深深进入了小说情节，不再抬头，也厌烦了朗姆酒。……小说完成，疲惫，抬头，姑娘已离开了，希望是跟一个好男人走的，但想到这里他感到莫名悲哀，点了一打葡萄牙牡蛎和半瓶干白……每写完一篇小说，就像刚做完一场爱，空洞失落又开心……哦，那些金属味的牡蛎的汁液。

这是我改写过的海明威散文。我喜欢改写大师作品，缘于认为他们没写好。

再去巴黎时，把《饥饿是良好的锻炼》打印出来攥在手上，从卢森堡公园出发，走天文台广场到沃日拉尔路，或从圣絮尔教堂广场向塞纳河走到奥德翁剧院路12号，一路饿着，最后受不了了，在利普饭店坐下来，要黑胡椒粉炸薯条，要粗大的法兰克福式的塞维拉香肠蘸黄芥末酱，要半升冰啤酒！这是最好的饥饿旅游攻略！饥饿是一项很好的锻炼，从中可以获得很多知识。只要别人不懂，你就超过他们了。

是的，来日可待，每天写一点东西，别的事都无关紧要。一笔钱花光了，别的钱就会来的。

作为一个混混榜样，他更多地在自己的散文里告诉读者：只要你愿意，你所在的城市与巴黎一样，也可以是一场流动的盛宴。

二〇一七年一月八日

读《永远的朝内166号：与前辈魂灵相遇》

王培元 编

《永远的朝内166号：与前辈魂灵相遇》。在人民文学出版社工作的王培元撰写的与人民文学出版社有关的知识分子命运史。

编辑的水平就是出版社的水平，“社格”因此形成

上午经历了一场粗硬猥鄙的事；下午在菜市口集体被训了一通话。回家再读这本书，唏嘘不已。作者写了人民文学出版社十四位前辈，命运一个比一个乖舛惨烈。

冯雪峰“为人颇硬气，主见很深……时向先生质疑问难，甚为相得”；“有热血锐气，几乎样样事都想来一下，行不通了，立即改变，重新再做，从来没见他灰心过。他劝鲁迅可以这样这样做，鲁迅说不行，办不到。他又说先生你可以那样做。鲁迅说似乎不大好。他又说先生你就试试看吧，先生只好说那就姑且试试吧。”

这是某女对冯雪峰的回忆，后来冯被打成右派，批斗会上某女对他的态度近乎狰狞。

冯秉性豪爽，处事果断，具傲骨，易怒，人不敢近，对上清傲对下温厚，给员工交待完任务后，往往还要再问一句：“你看行不行？”

聂绀弩的狂颇令人难忘。第一次文代会后，

某首长点名第二天8点要见聂绀弩和楼适夷，结果7：59聂绀弩还在酣睡，楼急得掀开被窝拉他，他却不高兴地说：“你去吧，我还得睡呢。”楼只好一个人去，还不住地替聂解释。聂主持二编室，每天都是趿拉着拖鞋中午才去上班，上班就讲笑话，但舒芜、张友鸾、文怀沙都很拥护他。

韦君宜则彻底被运动搞变态了，曲波《桥隆飙》五万册都印好了，内容并无大碍，社里一个政治嗅觉敏锐的转业军人非说有问题。韦思量再三，居然决定销毁了事。老同事们在公交车上见到退休后的韦君宜时，发现她目光呆滞，打招呼不搭理，总在自言自语。

严文井回忆赵树理由于儿子没能分到上重点小学“育才小学”的名额，竟然自打耳光，放声哭泣——这还是上党梆子名角张保平他们演绎的那个有高尚家风的老赵吗？

严文井不让牛汉去参加某文艺大佬追悼会，

说大佬不可信。牛汉说，他不是忏悔了吗？还当众流泪了。严文井说："他在延安就这样，善于表演，今天对你流泪，明天就可能整你。"

楼适夷的观点我很认可，他认为"气派大、方式活"的日本出版业很好，又比如商务印书馆大规模、按计划、有系统地编辑出版"四部丛刊""万有文库"。我想，戏剧社作为国家专业出版社，也是如此，不能零敲碎打，杂乱无章，而应当成批成套地推出大型重要著作。同时装帧极其重要，要美观坚固。田汉当年就是这么干的。

聂绀弩反对王任叔（巴人）当社长时要求编辑按时上下班，还派人在门口统计时间，核对揭发与签到簿不符之处，说他这是"不懂编辑工作的特点"。

编辑的水平就是出版社的水平，编辑的风格就是出版社的风格，编辑的素质决定了出版社的素质，"社格"因此而形成。

互嵌问题

麦克法兰解决了我文明史认知结构中十分关键的一个逻辑节点，即提供underlying principle（基础性原则）缺乏文明律法意义上的合法性，这样才能解释中国的embedded（互嵌）问题。

缺乏这一认识，想深度理解亚当·斯密三要素就很吃力。

《新娘日记》披着小说的名义出版，其实就是日记，同时又是罗伯·格里耶小妻子视角的法国当代文学史，里面不乏各类心安理得的色情爆料。

兰东作为午夜出版社的社长，在他手里出了不少这类“尬书”。

读《新娘日记》 〔法〕卡特琳娜·罗伯-格里耶 著

二〇一七年一月十一日

读《现代世界的诞生》 〔英〕艾伦·麦克法兰 主讲

《现代世界的诞生》。英国著名历史学家、人类学家艾伦·麦克法兰在书中以翔实的史料，对马克思、韦伯、涂尔干和彭慕兰等思想家和学者关于旧制度与现代世界『大分流』的经典理论进行了对比与讨论，并颠覆其学说，将十二至十八世纪工业化的英国与勤业化的欧亚大陆之间的分道扬镳确定为现代世界的源头。麦克法兰以最古老的现代国家英格兰作例，对现代性的本质和特征提出了独到的见解，那就是经济、社会、政治和意识形态（或曰宗教）等领域的彻底分立与组合，即本书中提到的『互嵌』。

《新娘日记》。本书作者为新小说作家阿兰·罗伯-格里耶的妻子卡特琳娜。书中详述了日常琐事，并记录了罗伯·格里耶的一些写作情况以及私生活。

二〇一七年一月二十日

读《剑桥日本史》（第五卷）

〔美〕詹森 编

《剑桥日本史》。很多专家与学者一起解读日本社会。

只知道邻居的马桶好

希望有机会研究18世纪90年代的列国史，因为说到日本，我其实对明治维新兴趣一般，却着迷于1790年松平定信的宽政改革。

对西学重要性的认识，日本比我们早了一百年。

儒政传统深厚的国家之变革，领袖的识见至关重要，倘若不幸舵手是个昏庸者，就容易发生自下而上的揭竿革命或异族征伐，都会带来悲惨的人口大更替（黄巾起义及三国之后，中国人口由5007万锐减至140万，更替率98.3%；唐末五代十国，58个皇帝中42个死于非命；宋末宣宗1122年人口9347万，元初1274年887万，91%人口横死；李自成张献忠到清世宗，一亿人减至1400万，死了8000万，张献忠把600万四川人屠宰到只剩下50万）。

从林子平案（1791年写书讨论俄国进步遭禁毁，次年死亡；

山东京传写书讽刺宽政改革导致出版署官员被解职，出版社停业整顿罚没一半财产，作者戴枷59天）到兰学（始于杉田玄白翻译《塔菲尔解剖学》，日本通过荷兰人获得西学，“像一滴油滴入池塘，迅速扩散”）兴起，汉学重要性开始下降，因为中国学问被认为是“盛大而崇高的空泛概念”。

非常好奇德川晚期的文学，这一段时间正在找式亭三马和十返舍一九的滑稽小说。1904年日本战胜俄国后，德富芦花说这是一场充满“忧郁”的胜利。

为什么日本有白鸟库吉、内藤湖南、宫崎市定这样的汉学大师，我们最高学府出的《日本史》却仅是日本小学教材水平？

只知道邻居的马桶好，却压根不清楚邻居是什么人，希望这种情况未来有改观。

二〇一七年二月一日

读《民国山西读本·旅行集》

苏华 何远 编

《民国山西读本·旅行集》。《民国山西读本》分别为:《政闻录》《考察记》《旅行集》。作者有高鹤年、蒋维乔、顾颉刚等民国学者与专家,意在通过其时人士,政闻、考察、旅行三个方面亲历亲为的记述,对民国时期的山西有所了解与理解。

村边坟墓里有丝竹之声

这类书有趣。

王耀成在大同看见街边坐满美服盛饰的妇女,竞相夸耀自己的“绝纤之足”,此乃当地的一种风俗“晾脚会”,每年农历六月初六举行。

夏荆峰对民情风俗的观察颇为确切,我觉得其实到现在变化也不大。比如好私斗,数言不和即举拳相向。异乡客至,概加白眼……长治就是这样的,有点可恶。晋南稍好些,他在洪洞师旷里的皋陶村,夜深人静时,能听到村边坟墓里有丝竹之声。

而日本人仓石武四郎从小喜欢《左传》,1929年跑到临汾的侯马、曲沃、翼城一带寻找“赵盾弑君”史事记载中这位宰相的墓,结果让田间地头的老汉塞了一嘴烟袋。晋南古蕴深不可测,我决定找个时间带着《左传》也去寻访一圈。

总说阎锡山在山西境内修窄轨铁路是排外,

按黄绍竑与阎锡山本人交谈所知，其实主要是经费问题。如果按标准轨，时间得30年，窄轨只需要三年；标准轨每公里5万元，窄轨轻磅只需要一万元。日本当初也是由轻窄轨后改为标准轨的。看人挑担不觉累，不当家不知道柴米贵啊。

彭雪枫对太原口音的揶揄，挺好玩的，事实也的确是晋中一带人说话的习惯，岂止是“哎”这个音，他们每句话都把最后一个字拐几个弯挑高，一副既见怪不怪又警惕自嘲的散德行，市民味儿十分浓烈。

阎锡山写过一本《中国的出路》，讲中国历代统治者的心理，比书生们有更深一层的体察。他认为从秦至清，一贯利用民智不开，以人民一盘散沙为得计……两千年来，所谓表扬贤者，率在死后——逆探其心，不过如果生前表扬，恐其得人心，以取而代之耳。对豪杰则以官职笼络，使其做官不做事，将公务员的责任心摧垮，将负责与不负责的是非搞颠倒——尖锐！

卞之琳在长治看到的三宝之一潞酒，前不久刚品尝过，的确是唐玄宗做潞州别驾时豢养乐户所酿。

谭其骧先生在山西大学做过一个讲座《山西在国史上的地位》，他有个重要观点，即认为山西在历史上占有重要地位的时候，往往是历史上的分裂时期。一旦统一，它既非交通要塞意义上的政治中心，也非黄河流域农业重心。要出政坛人物，必须有经济实力和独特文化氛围。

所以山西闪耀的时期，只会在春秋战国、五代十国、南北朝、民国初二十年。

我觉得很多山西人不一定同意这种说法。

“养蛊”的果实！

玫瑰花是红色的——大家都这么认为吧？

按物理学理论，错！玫瑰花只是折射了一定波长的光，这种光作用于我们眼球的特殊组织，使人感觉并断言它是红色的。

这本《欧洲科学危机和超验现象学》其实是胡塞尔1937年在布拉格的演讲，当年他就死了。他启迪了存在主义，又用这本书清算了存在主义。核心意思倒也不复杂——“中止判断”！把你看到或遭遇的一切都“悬置”起来！通过普遍的怀疑才能扬弃自己！

譬如最近看的美剧《权力的游戏》，和《国土安全》一样，就是用徐远翔所谓的IP概念锤击出来的——供给侧编织传奇，令中蛊者欲罢不能。

此即商业时代文化消费的权力游戏，即“养蛊”的果实！把它们“悬置”起来，因为这些作品离伟大还有北京城到临冬城——甚至北境长城那么远。

二〇一七年二月四日

读《欧洲科学危机和超验现象学》

〔德〕埃德蒙德·胡塞尔 著

《欧洲科学危机和超验现象学》。德国著名哲学家、现象学创始人埃德蒙德·胡塞尔带有总结性的著作，是艰涩难懂的现象学中最为易懂的一部专著。

《民国山西读本·考察记》。同上。

面壁温习一下

继续读《民国山西读本》之“考察记”卷。

王卓然1921年在太原西东社村看到每个小学生胸前都挂一个小牌子，上写“不娶缠足女”5个字。

再看阎锡山给全省官民下的敕令，遂知当年山西风貌新异，就是此公之手笔，无他。

“副村长应有之德性……副村长之责任……与闾长区长之关系……”现在的村长们不都该面壁温习一下吗？

历史是个花心小丑。

小骂大帮忙

二〇一七年三月二十二日

读《现代民治政体》（上中下）

〔英〕詹姆斯·布赖斯 著

《现代民治政体》。英国著名政治活动家、政治学学者詹姆斯·布赖斯对法国、瑞士、加拿大、美国、澳大利亚、新西兰六国民主政体进行了深刻分析。

1935年，布赖斯就已经出版了这部意义非凡的巨著，个人认为它应该是高中以上文化程度者的必读书。

本书全方位考察了美国、法国、瑞士、加拿大、澳大利亚、新西兰的政体结构，这些国家是如何诞生“领袖”的？其实大到一国家，小到一单位，头儿需要具备创议力和洞察力两种智慧，再加上勤勉、诚实和口才，即可称他“领袖”了，人们就会归附并尊崇他。

血统实际没用，倘若不敬法统，《权力的游戏》里的乔弗里、史坦尼斯、罗柏·史塔克都不过是僭主。

小贴士：五毛的鼻祖原来是俾斯麦，他擅长暗中收买敌对小报，将它们变成“蛇毒的机关报”，然后小骂大帮忙。

二〇一七年四月一日

读《三国演义》

〔明〕罗贯中 著

《三国演义》。我国小说史上最著名最杰出的长篇章回体历史小说。

史书里，这一句，气象万千

《三国演义》里，最喜欢姜维和张辽。

姜维身为上将，住的却是蔽薄的宅院，没钱没女人没娱乐，薪水随手花掉，好学不倦，清廉简朴，甚至懒得表现自己清廉。然而，作为伟大的理想主义者，他前后北伐有十一次之多。一个陇西降将，有冲天才华和完美私德，拖死钟会、邓艾乃至于自己，熬到蜀汉最后一刻，以身殉之，真大死士也。

张辽打仗从来都是嚷着自己的名字："辽来也！"合肥城下，46岁的张辽从早晨杀到中午，血溅盔甲，挥舞长戟，指着孙权，双目圆睁，用山西话吼：

你下来，一对一！

史书里，这一句，气象万千。

再加上伟岸的曹操与孔明，用心平而劝诫明，令人追慕之下直想长啸。

历史是个老太婆

曾经把历史比喻为一个老太婆，说“再见”的时候意思是“一会儿见”。

是的，一把手不能只擅长制造“合法性焦虑”，他必须能预估到随即而来的“合法性自戕”与“合法性丧失”。

孔飞力认为权力具有垄断真知灼见、关闭思想市场的本能，而扩大政治参与却可以实质增强权力合法性。威权政治尤其需要强力以外的合法性支撑的道理（得多士之心）很少有政治家领悟，他们中大多数喜欢消灭乡绅却培育刁衿劣监的愚蠢，进而导致自然资源与组织资源的次第崩解……

这本书促使我下决心细读魏源（清代启蒙思想家）、冯桂芬（晚清思想家）与洪亮吉（清代学者）。

二〇一七年四月八日

读《中国现代国家的起源》

〔美〕孔飞力 著

《中国现代国家的起源》。书中各章是以美国哈佛大学历史系和东亚语言文化系讲座教授孔飞力在法兰西学院所作的系列讲座（一九九四年）为基础改写而成。

二〇一七年四月十二日 读《陈寅恪先生年谱长编》 卞僧慧 纂 卞学洛 整理

《陈寅恪先生年谱长编》。系陈寅恪先生任教清华大学时及门弟子卞僧慧先生以二十余年时间编撰而成。

不挫真气

号称老师中的老师、公子中的公子的陈寅老看见陈垣（中国历史学家、宗教史学家、教育家）痛心疾首的检讨后，有诗云："左转前行陷泽中，沐猴方始叹途穷"，真是清峻到了寒冷。

这的确是公子做派，因为他父亲就是这样的，"才识通敏，倜傥有大志"；他爷爷在湖南巡抚任上强调决不滥取"士心不纯正"之人，嘱咐后学意气盛——碰钉子——平意气——不挫真气，可见这是家学文脉。

陈做蔡松坡秘书时，倘写出《滇史》，我国历史可能将会改写。他在清华授习时用20多种语言讲《金刚经》，蔡尚思感慨是"鸭子听雷"，终生不敢自称是他的学生；

50年代他有一天严肃地对帮工周运宽说："我正式承认你是我的学生。"周却并无受宠若惊之感，竟至婉拒，觉得靠名人显摆自己不光彩……

唉，连他老人家帮工都这么骨鲠气！

汪笺、蒋天枢、周一良、王永兴都曾目睹，有人敲开陈宅大门，把名片递给门房，看见那门房双手把名片举在眉毛之上进去禀报——多么特别的姿势！

不为无益之事，何遣有涯之生？所以讲元白诗，陈寅恪先生竟首先讲杨玉环是否以处女入宫！

卞僧慧所列的陈先生开课笔记三种，在他死之后已成绝响。

读《甲午战争》

〔日〕陈舜臣 著

《甲午战争》。历史小说。日本小说家陈舜臣先生从发生甲午战争的时代背景开始，以袁世凯、李鸿章、日本的陆奥宗光、朝鲜的金玉均为中心，叙述甲午战争的爆发、战事的经过，以至《马关条约》签订的过程。

智识上的义和团

关于甲午战争，很有必要更新部分旧的认知点：

1. 至今没有一部把日本说透的汉语作品能超过1928年戴季陶（中国国民党元老之一）的《日本论》。关于知彼，戴说我们是“思想上闭关自守”，是“智识上的义和团”。

2. 早在光绪元年（1875年），李鸿章在保定与森有礼（日本明治时期思想家、政治家）关于服饰衣冠变革的争论中，对外自矜对内痛陈，后来历史路径的草蛇灰线其实已见端倪。

3. 日清开战，国际舆论其实是普遍支持日本的，即在宗主国和平等国（日国内民众都认为是“义战”，甚至关键时刻朝鲜也更愿意接受日本的国际秩序理论）的媒体论战上，与大东沟海战一样，清国是零分。

4. 黄海交战，被击沉的“超勇”和“扬威”其实是陈旧的木头舰，“定远”和“镇远”未伤及筋骨。0：5的结局其实不重要，因为日本也即将吐血而返了。从战略意义考量，甚至可以说北洋舰队是胜利者，牌还在光绪手里。痛心的是朝廷早已经流沙化，焉有还能够主导大势之理？“镇远”窝囊触礁，而“定远”竟然是自己主动炸沉的。

《复新疆抚台陶》中李鸿章“知我罪我，付之千载”的哀叹真是劫语。

注：赴日旅游应该去这几个地方看看——下田(5月16日黑船祭，伊豆半岛的静冈)、下关(春帆楼吃微毒的河豚，山口县)、吉备津(镇远铁锚，鼻冢，冈山县)。

不失为说法一种

最近对以色列历史兴趣十分浓厚，在成为现实旅行目的地之前，必须通约以色列与希伯来文明史。

可惜这两本书读完后，失望不浅，浪费了一天时间。

以色列人的自由迁徙如此难以实现吗？很想去西奈半岛和沙姆沙伊赫住些日子体会一下。

看了一些以色列油画，联想到20世纪上半叶，川鄂交界的长江及其支流岸边，常见精壮的男人裸体，阴茎摇曳于乱石间，摄影者以掩饰的口气说这是“力与美”，好吧，也不失为说法一种。

二〇一七年四月二十二日

读《希望：以色列的诞生与独立》 〔美〕赫尔曼·沃克 著

读《耶路撒冷三千年》 〔英〕西蒙·蒙蒂菲奥里 著

《希望：以色列的诞生与独立》。长篇小说。普利策文学奖得主赫尔曼·沃克笔下的以色列复国战，充满了被阻滞的艰辛。

《耶路撒冷三千年》。英国皇家文学学会研究员、耶路撒冷旧城外第一座犹太住宅区的建造者摩西·蒙蒂菲奥里爵士的曾孙西蒙·蒙蒂菲奥里，依年代顺序，以三大宗教围绕『圣城』的角逐，以几大家族的兴衰更迭为主线，讲述了耶路撒冷的前世今生。

仁慈的专制

读《毕加索线描全集》 闫爱华 陈聪 编

二〇一七年五月三日

读《间谍王：戴笠与中国特工》 〔美〕魏斐德 著

《间谍王：戴笠与中国特工》。美国中国问题专家、费正清先生的弟子魏斐德利用历史档案资料讲述了戴笠复杂的个性和人生。

《毕加索线描全集》。书中有很多毕加索的线描作品。

CC派、复兴社、蓝衣社如何争夺大学教授与学生（中央大学、浙江大学、中山大学）？蒋又如何让他们之间相互制衡？他们与褐衫党、契卡、盖世太保的区别何在……实在是有意思之极的课题，可惜没有精力去深究了。戴雨农的精神资源仅仅是《孙子兵法》与《三国演义》，所以读魏斐德这本名著，焦点要放在民国政客文化上，才会有些许收获。至于戴雨农本人，无趣。

服膺毕加索，无话可说！

一生通过奇创不停寻找“一种直达要害的方法”，铜、锌、石头、麻胶、刻刀、硫酸……87岁玩“细点腐蚀法”画古罗马诗人奥维德的《变形记》，对20世纪所有艺术家而言，他的存在是一种“仁慈的专制”式的深刻影响。

二〇一七年五月七日

读《哲学史》

〔美〕杜威 著

《哲学史》。杜威，美国哲学家、心理学家和教育家，被誉为实用主义哲学学派创立者之一。本书是『五四』时期，杜威应胡适等人邀请来华讲学的中文译稿结集。

中国文化过度了

读杜威《哲学史》，这是90年前他在南京大学10次演讲的汇总。由于没有任何英文版参考，现在的版本只好依照当时南京大学哲学系刘伯明教授的口译记述汇撰。

杜威怀疑“哲学”起源于闲暇和惊异，根据他对古希腊哲学的研究，认为应该还是起源于对人类事务的关切，源于社会现象的不安定。传统的思想习惯，不能解释和维系世道人心的时候，价值就需要被“重估”。在宗教对行为的规范力量开始减弱（由于知识的持续开拓）时，哲学思潮和哲学家随即兴起。

记得葛兆光教授在《思想史的写法》

一文中，讨论过社会伦理规范语句与民间思潮话语的割裂，不记得原话了，似乎他认为这样的时代是不可救药的平庸时代，未来著史者会忽略这样的时期，会以嫌恶的心思寥寥数语一笔带过。

根据杜威对苏格拉底的解析，真切的知识会影响人的感情，内心觉得不可不付诸行动，道德由此产生。洞察是非之所在，不浮泛，不落空，行为由此产生。有知识而无行动，说明他的知识不充足或不准确。

有人问杜威中国积弱的主要原因何在，杜的答复是，“China is over civilized”（中国文化过度了）。

阴风拂过后脑勺

二〇一七年五月十七日

读《九十二宗罪：雍正杀年羹尧的缘由与诡局》

陈晓枫 著

《九十二宗罪：雍正杀年羹尧的缘由与诡局》。武汉大学法学院教授、博士生导师陈晓枫用通俗律解年羹尧一案的方式，道尽雍正朝初年政局、订律、党祸、谶纬交相错综的奥秘。

很多人那点可怜的历史知识，都是看电视剧得来的。《雍正王朝》主题歌《得民心者得天下》浩荡雄浑，曾赚取了无数电视观众的眼泪。但历史就是历史，哑黑残忍，自循机杼，不依不饶，为所欲为。

读年羹尧案的史料，常常有阴风拂过后脑勺。

在古代中国这口水深火热的沸锅里，才俊一入宦途，即入命运不测的无底深渊。年羹尧门下有个清客汪景祺写过一个书启《功臣不可为论》，讲功臣与君主的关系，分为恩、疑、畏、忌、杀五个阶段，道尽了中国历史上政治斗争的定律——借法律名义，同时在法律之外去寻找手段解决权力争端，即“权力运行的流氓化”。

雍正玩“密折”，可谓将权力的流氓术玩到了极致。他经常在密折的谕旨中说反话，试探密奏大臣的人品、水平和忠诚度，声东击西，鬼鬼祟祟，云山雾罩，高深莫测。用密折代替公开的题本奏书，实际上破坏了皇帝和百官的平衡，百官不分部门层级开始互相攻讦，客观上只对他一个人负责，对秩序稳定的影响是毁灭性的。事实上最后除了皇帝本人，无一人得善终。

年羹尧、隆科多受驱使剿灭“八爷党”，随即被赐死；蔡珽、程如丝授意毁击年羹尧，之后斩监候；李维钧、岳钟琪忘恩负义（有分析李维钧是用心良苦）反戈一击却也病死狱中……只有天纵英明的皇帝是唯一的赢家。

他真的赢了吗？

康熙晚年看淡了世事纷争，既不治贪，也不治庸，甚至不禁朋党。雍正绍基后为集中权力，立即开始玩弄帝王术，手法就是制造人人自危的无常恐怖气氛。第一步利用年党打击允禩集团，为此不惜轻佻无度地在公文中称年羹尧是自己的恩人，史无前例地公开叫隆科多“舅”；

第二步利用科甲党人内讧启用蔡珽做掉年集团;第三步发动老吏集团干倒科甲人士;第四步用第一集团里埋下的伏笔岳钟琪把蔡珽一伙送入死牢。倏忽几年间,历史回到原点,而衮衮诸君,都不见了。如此处理党争,其实看汉丞相翟青与御史台之争、唐牛李党争、宋元祐党争、明东林党祸……早已不新鲜了。

暴君之治与僭主之治的问题在哪里?亚里士多德研究了100多个城邦政治后,发现除了“哲学王”之治,好的国家都是实行法治的,因为法治的特点是均衡性、连续性和可预期性。而暴君之治与僭主之治使人们无从选择合法性行为的预期——你可以翻云覆雨,随意杀人,宣告政治禁忌,树立绝对权威,但禁忌本身应该是一套稳定的秩序规则，让人民据此可以选择行为预期。程如丝杀人越货、蔡珽受贿枉法原本已罪证确凿，却被隐瞒下来用于发动党争，做死年羹尧。

这种玩法，让下属和老百姓就无所适从了。老大希望通过诛心建立规矩，结果却一定是人心规矩大乱，只在表面上假装绝对服从老大。

唐朝有个仙人叫麻姑，人不知其高寿几何。问她年龄，她总说记不清了，只见过七次沧海桑田的更替。治理国政，倘若只凭权谋诡术，那大家就等着看他起高楼，看他宴宾客，看他楼塌了吧。

这是沧桑更替吗？不，这是狗撵尾巴，兜转愚蠢的圆圈。

二〇一七年五月十八日

读《自由的基因：我们现代世界的由来》

〔英〕丹尼尔·汉南 著

《自由的基因：我们现代世界的由来》。英国著名历史学者、政治家、专栏作家丹尼尔·汉南讲述自由的故事。

一个纯粹的辉格党男子

读这本书的过程中想到“马基雅维利主义”高低水平的区别，以及近现代中国可能选择的五条路径。

这本《自由的基因》今年颇走红，读后却比较失望，唯一可取的即“Anglosphere”（盎格鲁圈）概念的提出。

接下来即将开读伟大的辉格党历史学家麦考莱的英国史，借以于余生能把自己变成一个纯粹的辉格党气质的男子。

愚蠢的谶纬

二〇一七年五月二十一日

读《崇祯传》 樊树志 著

《崇祯传》。复旦大学历史系教授，博士生导师樊树志以时间为线索，记述了明崇祯皇帝三十几年短暂的一生。

休假沉潜，一气读完，魂魄激荡。

从毛文龙死、袁自如剐、推阁党争、温周倾轧，到攘外安内之忧惶、抚剿之两难、杨嗣昌之收拾残局、君臣之相向涕泣，历史大洪水漫灌了多少精彩的生命？！

以品望论，那时的士大夫无论风骨峭拔、性情慷慨者，抑或赋性贪鄙、机深柔佞者，放在今天，个个俱是天纵英才……可那又如何呢？武如洪承畴卢象升孙传庭，文如黄道周文震孟阮之钿，哪个是李自成张献忠之流堪比的呢？况且思宗身上焉有一丝亡国之君的气象？大明却亡得如此彻底羞败。

掩卷想来，一切无非是秦政之后文明灰烬里忽亮忽暗的篝火狐鸣罢了。兴亡轮回，人口更替，有司如饕餮，费拉如蝼蚁。消费品的富足就能证明我们摆脱了生态瘟疫？

以明史为例，于我眼中，现实人事俱为愚蠢的谶纬。是的，一种小型谶纬。

二〇一七年五月三十一日

读《西方的没落》

〔德〕奥斯瓦尔德·斯宾格勒 著

《西方的没落》。德国现代哲学家斯宾格勒（1880—1936）的历史哲学著作。

又是一个终身未娶的男子

这是先知先觉者与全知全觉者的格局与气度！

还能说什么？！又是一个终身未娶的男子。由于北方的汉堡太冷，斯宾格勒南迁隐居在慕尼黑。这部著作引人瞩目的是“整体文化图像”，感受如下：

一、英国的民主自由是极端个人主义的成功伦理，与德意志民族要求个人服从整体利益的责任伦理大相径庭。国人本质上无组织文化，骨子里是极端个人主义，更像英国人。

——请注意：民主制并非必然好，集权制并非必然坏，核心问题在“律法”或“法统”。腓特烈一世的格言“朕为国家的第一公仆”，是有机民族共同体的道德基础。

二、青年斯宾格勒1920年2月与学术巨人马克斯·韦伯学术PK，凭的就是巫师般的预言。我们今天的时代“蟑螂学术”产能严重过剩，急需各类“学术巫师”出现。

三、种族是经由一种共同的生命经验、一种共同的世界观而产生的共同体，它与血统、生物遗传甚至母语并无必然联系。

——这是极具颠覆力量的观点，商鞅们梁启超们应该反思一下自己的主张！

四、西方文化之所以表征为“浮士德文化”，是指其心灵与精神的典型特征是对无限的渴望、对深度经验的执着。进而体现为贵族主导的王朝政治、微积分科学、贵族城堡和僧侣哥特式教堂、透视法美术以及古典音乐！古典音乐在最崇高的时刻唤起原始能量与情感的深度解放，这是心灵对无限的渴望！自己接近古典音乐太晚了。

五、高级文化早期最具象征意义的事件，是贵族和僧侣两大原始等级的出现。公元1900年以来的伦理主义不过只够到了西元前200年希腊化与罗马禁欲主义的地板。

二〇一七年六月五日

读《意识形态的崇高客体》

【斯洛文尼亚】斯拉沃热·齐泽克 著

《意识形态的崇高客体》。作者斯拉沃热·齐泽克（Slavoj Zizek）善于应用通俗文化理论，娓娓而谈雅克·拉康晦涩、抽象的理论，同时又善于使用雅克·拉康的理论来解释政治现象和通俗文化问题。同时，他在政治上也非常活跃，曾在一九九〇年竞选斯洛文尼亚共和国总统。在本书中，斯拉沃热·齐泽克对后现代世界中的人类力量问题予以审视，同时也对大量当代文化现象作了精辟的阐释。

与建银行相比，抢银行算得了什么？

我的解释体系与认知结构一年来所发生的变化，乃是“哥白尼式”的底盘置换，而非拼命以说辞进行完善或补充的“托勒密化”。于是读这本齐泽克的开山作，不会如大多数初次接触他著作的人那样惊艳惊叹，而是始终心存警觉。

此人惊一下乍一下的学术基础出发点是拉康、黑格尔——基本上是西方的文明负典，对“立”不感兴趣，对“破”意趣盎然。必须明白：百年来“破”的理论崇拜与组织建制，已经把2000年暴秦式政治文化拉升到了一个崭新高度，因此，再巧言令色的俏皮话，放在现实语境中也难以让人发笑了。

想想莫扎特歌剧《唐璜》的结尾吧，对于善的过度担当，本身会成为最大的恶。即便你是一个擅长高级反讽的批评者，笑声也只能证明，反讽不过是极权主义游戏的组成部分。

“与建银行相比，抢银行算得了什么？”让我们重新看看德国戏剧家布莱希特的《Threepenny Opera》吧！

这本光绪实在稀松平常

二〇一七年六月九日

读《光绪传》

孙孝恩 丁琪 著

《光绪传》。中国历史上最悲情、最可惜、最可叹的君主传记。本书为『中国历代帝王传记丛书（共53册）』中的一册。

该套书本身史实性和可读性都不错，但这本光绪实在稀松平常。

落笔处随时可见曲笔阿世的人物评价与事件结论，比如对义和团的描述，还不如秦晖的三言两语直斥要害；帝党与后党则干脆简化为“新旧势力”斗争，真是让人浪费时间。

载湉“睿智渊通、志量恢远”与愁苦隐忍、终无作为之间的矛盾悲剧命运析解亦甚浅显。偶有讨论吴大澂“豫杜妄论”那道奏折之类的亮点，姑且算下了点小功夫。

再去故宫时找一下“懋勤殿（乾清宫西廊）”，看看光绪帝黯淡一生的短暂亮点究竟啥样子。

二〇一七年七月一日

读《保罗·安德鲁建筑回忆录》

〔法〕保罗·安德鲁 著

《保罗·安德鲁建筑回忆录》。著名的法国建筑师保罗·安德鲁（Paul Andreu）撰写的建筑回忆录。书中回忆了他在法国、中国以及世界各地设计和建造的建筑。保罗·安德鲁曾在世界范围内规划设计了五十余座机场，其中有巴黎和上海浦东等地的机场。著名的项目有巴黎新凯旋门和中国国家大剧院等。

这一想法显然有点扯

一个在设计间隙会走神，去思考兰波、魏尔伦、文德斯、略萨的建筑大师，作品会平庸到哪里去?

况且他是当今法兰西学院中唯一一位建筑院士。他一生的得意之作有三：处女之作戴高乐机场一号航站楼；扛鼎之作大阪海洋博物馆；收官之作北京国家大剧院。

国家大剧院耗费了他整整十年心血，之后，不禁感慨道：建筑是有生命的，建成以后还要留给光线，留待时间和季节的交替，听任风雨沧桑变化，直到最终完成，才能与众不同，生机永续。

安德鲁幻想能像巴黎歌剧院、波尔多大剧院的设计者加尼耶·路易那样，将自己的胸像摆放在国家大剧院的某个大厅内，因为这是他一生最得意的作品，但这一想法显然有点扯，咱们只感谢投资者，不关心创造者，向来如此。

安德鲁相信真理没有什么道理可讲，它最深的层面，乃是诗意的层面。只有自由才能到达它，唯一有价值的自由是内心的自由。而内心的自由只有通过持之以恒与自我抗争才能实现！所以，他的想法——国家大剧院是一座岛屿，孑然一身，遗世独立，却不拒绝朝圣者。进入它，先要有“某种仪式感”，长长的水下通道，及歌剧院、音乐厅、戏剧场之间走动的空间，是要召唤欲望，它们广阔得恰如其分，慷慨地给一簇簇欲望以路径，提供抵达虚构和梦想的幸福，让闯入者领悟出欲望不是唯利是图一个答案，同时，人们会在心里用佩索阿那句话反复诘问自己：

文学，的确是生活尚不足够的证据。

二〇一七年七月五日

读《中国已佚实录研究》

谢贵安 著

《中国已佚实录研究》。武汉大学历史学院教授谢贵安从历史文献学和史学史的角度对南北朝实录、唐实录、五代十国实录、辽夏金元实录进行了探讨。

把自己吃得浑身是疮

“彭、罗、陆、杨集团”事件的肇端颇可玩味。

中国的实录体史书始于萧梁，但元之前860年的记述经兵火焚毁或书虫蠹蚀都已散佚。《起居注》显示初唐到晚唐经历了一个从今上实录向先帝实录的演变过程。

南宋郑樵《通志》把《穆天子传》作为实录小类比较扯，搞得西王母真有其人似的。实录有意思的地方在于，客观上起到了政治鉴戒、道德劝惩作用。倘若实录不修，僭主昏君之遗臭留芳制约机制则不再，后果自己想去。但“实录”真想做到“实”，大家恐怕只想道一声“呵呵”了！

唐武宗求长生不老药，把自己

吃得浑身是疮，变成秃子，“十日而崩”。《唐武宗实录》乃北宋宋敏求补修，都隐讳不敢提，史臣被帝制奴役至此，噫吁乎！五代十国曲笔更多，后汉隐帝刘承祐并非郭允明所杀，刘恕和司马光均有定论，然《后汉隐帝实录》乃后周所修，对后周太祖郭威军队弑帝一事当然要隐讳并嫁祸。周世宗柴荣明明是养子，非要记载为皇后所生长子……

儒家知识分子投靠新政权后的谄佞传统源远流长啊。

值得一说的是，类似《北梦琐忆》之类的笔记小说多摘抄实录，通过互证，倒可以弥补实录散佚的缺憾。历朝笔记小说我已集齐，且待慢慢品赏。

二〇一七年七月十二日

读《马基雅维利传：近代政治哲学之父、帝王导师》

〔英〕罗斯·金 著

《马基雅维利传：近代政治哲学之父、帝王导师》。加拿大学者、畅销书作家罗斯·金对文艺复兴时期著名政治思想家马基雅维利的解读。

命运女神如此待我，她会不会觉得羞愧？！

我也倾向《君主论》其实是一部反讽作品（狄德罗和卢梭的观点），否则你如何理解《佛罗伦萨史》《李维史论》《用兵之道》以及剧本《曼陀罗》的作者，为何要在启蒙运动时期写这么一个玩意？

马基雅维利33岁那年，一个名叫博尔贾公爵的梅毒患者，意志坚定，心狠手辣，令他震惊且着迷不已——因为博尔贾是那种用暴力与欺骗达到目的、把政治权术玩弄到极致的地方头子，此人对他政治哲学逻辑的形成影响巨大。

话说马基雅维利还的确是个纯爷们儿：44岁那年在监狱里熬过了六次“吊坠刑”（双手背缚，由滑轮绳子吊高再突放，使犯人肩膀脱臼）；出狱后“每天都去造访某个姑娘以恢复活力”，45岁犯花痴坠入情网，以“巨大的甜蜜”爱上一位被遗弃的人妻；潦倒后，这位前佛罗伦萨第二秘书长每天跑乡下客栈和当地砖窑工人掷骰子玩，偶尔会停下来思忖：命运女神如此待我，她会不会觉得羞愧？！

为何良善的品质会把一个领导人引向毁灭，而罪恶的品质却带来安全和繁荣？！优秀的领导必须知道“如何恰当地为恶”——亨利八世、土耳其苏丹们、克伦威尔、拿破仑、希特勒曾把《君主论》翻得稀巴烂，基辛格死不肯承认自己喜欢这本书（反应似乎有点过度哦）。

1971年伯林在《纽约时报》总结《君主论》的解读方法竟有20种之多：罗素认为它是“恶棍手册”；某布尔什维克作者称赞该书辩证地把握了权力本质，堪称其主义的先驱；还有一种女权主义解读，从家庭剧的角度，焦虑地用象征男性的事业（法律、政治）去对抗代表着无知、易怒的女性形象的命运女神……

伯林在《反潮流》中可谓一语中的：对马基雅维利来说，正统的道德要求几乎不值得探讨——因为它们根本无法转化为社会实践。

这个结论令我们无比沮丧！

德行在相当长时期内可能仅仅是理想。西班牙在统治马基雅维利家乡意大利南部的时候，鼓励内斗、告密，对后世影响深远。有研究表明，现在意大利南部黑社会发达、民主制度失效都与此有关。

这又成了警示录摇身变为操作手册的肮脏历史镜像。

二〇一七年七月二十二日

读《清华园日记》

季羡林 著

《清华园日记》。季羡林先生在清华大学读书时的日记。

真善美里面，我最喜欢真

20世纪80年代初读卢梭《忏悔录》时，被那些说谎、偷东西、与华伦夫人的混乱关系……等情节惊到鼻血流淌不止，随即早早了然“仆人眼中无英雄”的道理。30多年后又读季羡林日记，笑喷！同时对季老顿生敬意。

伦理学最困惑人的难题是善恶无法以一条红线清晰切分，否则人岂不是可以组装了？！

真善美里面，我最喜欢真，率真纯真天真稚真……季老在后记中说：“有些话是不是要删掉呢？我考虑了一下，决定不删，一句话也不删。我七十年前不是圣人，今天不是圣人，将来也不会成为圣人……我不想到孔庙里去陪着吃冷猪肉。我把自己活脱脱地暴露于光天化日之下。”

季认为人一生最美好的时期是“teens”那几年，他在山东大学附中和济南高中每次考试都得到甲等第一名，得到王寿彭（前清状元）的扇叶与对联褒奖，虚荣心爆棚，这是他从自卑到自信、从马虎读书到勤奋学习的重要转折点。季由此总结说虚荣心不是作祟，虚荣心是作福。或者准确讲，是荣誉感作美。

家庭教育的G点在这儿呢！

二〇一七年八月五日

读《家园的景观与基因：传统聚落景观基因图谱的深层解读》

刘沛林 著

《家园的景观与基因：传统聚落景观基因图谱的深层解读》。本书以传统「聚落」为载体，挖掘和整理了传统聚落景观及其基因图谱。

“可识别因子”失踪了

作者号称是侯仁之先生（中国现代历史地理学的开创者）的扈从，在这本书里提出“聚落景观基因图谱”概念，但又小心翼翼地在风水问题上自设禁忌，不敢深入讨论，其实外行都知道风水有其理论自洽性。

“聚落”大概相当于英文中的settlement，其间的人文脉络与历史信息相当有趣，比如云南沧源岩画显示出来的村落布局，如果实地旅行时对照着考察，会令人感慨万千。温州楠溪江一带簪缨鹊起、甲第蝉联，与世代倡导耕读风气密不可分，花坦村的宗谱中有一段话：“不学则夷乎物，学则可以立，故学不亦大乎……大匠成室，材木盈前，程度去取而不乱者，由绳墨之素定。君子临事而不骇，制度不扰者，非学安能定其心哉。是故学者君子之绳墨也。”这一带书院如此繁多，文运焉得不昌盛?

苍坡村的规划干脆以“笔墨纸砚”文房四宝为蓝图构思。徽州棠樾村鲍家建筑格局之用心真使人叫绝！倘若中国其他村聚都能如此规制习得并代代坚持，乡愁就不必惆怅难以留驻了，城市房价也不必苦心调控了。

中国地方如今的千城一面，就在于“可识别因子”(民居特征、布局形态、公共建筑、参照环境)都被“现代化”一统了，城投债破坏的不只是地方财政和官员声名，更悲剧的是消灭了地方文化个性。全能国家以庸吏治理流沙社会久矣，此乃文明颓圮之忧。

二〇一七年八月十二日

读《建元与改元：西汉新莽年号研究》 辛德勇 著

《建元与改元：西汉新莽年号研究》。北京大学历史系教授辛德勇研究西汉、新莽时期年号的专著。

治史“四把钥匙”

史学界流行邓广铭先生提出的治史“四把钥匙”之说：年代学、职官制度、历史地理学和版本目录学，不精通这四门学问，想登堂入室就是痴人说梦。

本书作者通过这个题目提出“年号学”也是关键，娓娓道来，要言不烦。以前读过雷海宗先生1936年发表于《清华学报》的《汉武帝建年号始于何年？》，谈及“改元”一事，与郭嵩焘看法大异，是没读到郭文的原因，杨联陞之后的弥补方才有说服力。

统计学有条定律：小概率事件在一次试验中是不可能发生的。

两足羊悲剧

失眠，早起重读这本书反思50年前的那些日子。

在伯林看来，今天全球范围内的很多现象——民族主义、存在主义、仰慕伟人、推崇非人体制、民主、极权主义——都深受浪漫主义潮流的影响，它们的共同表征是“精神状态比结果更重要，进而成为一种道德态度”，但我更愿意认为这态度作为个体生命价值观很好，若成为人类社会实验指针就是百罪莫赎之悲剧。

这绝不是黑格尔所谓的“善与善的冲突”，这是现代意义上的两足羊悲剧。

二〇一七年八月十六日

读《浪漫主义的根源》

〔英〕以赛亚·伯林 著

《浪漫主义的根源》。本书为英国哲学家以赛亚·伯林一九六五年在美国华盛顿国家美术馆的系列脱稿演讲。作者在书中做了详细的修订，使其更具知性和精练。

二〇一七年八月十八日

读《抗战时期中国的后方社会：战时总动员与农村》

川裕史　奥村哲　著

《抗战时期中国的后方社会：战时总动员与农村》。日本两个大学教授以四川省为例，利用大量的民间史料，详尽描绘了那些受时代摆布、名不见经传的普通民众在战时重负下的命运及苦难。

中国近现代的母胎过于颟顸肥大

1988年，作者在中国台湾的“国史馆”浏览国民政府粮食部战时粮食政策的档案，发现它们经虫蛀后破烂不堪被歧视的遭遇，同时听得见这些纸牍背后万千人的呻吟，越捏着鼻子翻阅越饶有兴味。

相比那些蹈空凌虚的学理专著，我渐渐着迷于对此类作品的细读。

就战前两国的社会状况而言，中国如果能打赢这场战争简直是痴人说梦。中国传统的社会构造组织性是极其低下的，连基本户籍信息都不准确。而在日本，近代化完成了国家对社会的控制，战时粮食管制已精确到了每个国民每天的大米消费量。丸谷才一的小说《竹枕》对征兵的叙述，反映出日本庶民百姓已经成为近代国民群体的一面。而中国从甲午战争“李鸿章的私兵”到实力派割据一隅，等实现名义上的再统一，可以具备基本近代化条件时，留给蒋介石来凝结民族共同体的时间却不到9年了。

中国近现代的母胎过于颟顸肥大，战时浑浊的后方社会与涣散的战时动员能力，不过是这个母胎上的一粒脏暗斑点。

正如黑痣被切割后，胎记永远不会消失一样，中国诸多要害问题，根源不是十年二十年的问题，实在是一千年两千年的问题啊。

二〇一七年八月二十七日

在他身上看见神性

昨晚被叫出去喝酒至深夜，解决他人的重大精神危机——事实上，见效了！是的，专注于一件事情的人，会在他身上看见神性。

关于策兰，尚未读到的《子午线》是对《死亡赋格》的重要注解，两个重要词汇浮出地表："无蔽"与"无漏"。

谷崎润一郎此作，篇幅虽小，却完全不必逞让三岛由纪夫的《金阁寺》。

读《策兰与海德格尔：一场悬而未决的对话：1951–1970》［美］詹姆斯·K.林恩 著

读《少将滋干之母》［日］谷崎润一郎 著

《策兰与海德格尔：一场悬而未决的对话：1951–1970》。本书探讨了欧洲最重要的诗人保罗·策兰和马丁·海德格尔之间的联系以及未完成的对话。

《少将滋干之母》。讲述了一位名叫滋干的少年思慕在其年幼时便被他人抢夺为妻的母亲的故事。

似有悔意

如何用法术闭住洋人的枪炮?

办法是找来一个孕妇开膛破肚，令小儿头至腹外，钉在城楼上。

这类惨毒闹剧并非独立的历史事件，闹剧背后的矛盾不只中外之间、满汉之间、帝后之间、维新保守派系之间——载漪伪造“归政照会”激怒慈禧太后；光绪鼓足勇气驳斥刚毅“民气可恃”——“民气两字是虚的，怎能依靠”；而东南互保背后是大批士大夫发自内心对义和团的欣赏。

止庵早期看重史料，一分证据一分话，不敢汪洋恣肆嬉笑怒骂。多年以后，再版时的新序里似有悔意：文化批评不应为历史评价所左右，关联词可以多是“尽管……然而……”，不一定非是“不但……而且……”。

自小学起，就偏爱这个“尽管……然而……”组合，虽说后来没有发挥在文化批评上，却滥用于事功义理，甚至情感的涵咏。个中三昧欲说还休。

二〇一七年八月三十一日

读《神拳考》 止庵 著

《神拳考》。读书人止庵为读书人写的发生在一九〇〇年的义和团运动。

《我和慈禧太后》 〔美〕德龄 著

《我和慈禧太后》。作者德龄是清末外交官裕庚之女，又称裕德龄。早年曾随父出使日本及欧洲各国，在法国巴黎留学。一九〇三年回到北京，为慈禧接见外使夫人担任翻译。本书是德龄写的关于自己与慈禧太后的回忆录。

于电石火光间领悟出老师当年的苦心

二〇一七年九月六日

读《量化历史研究》

《量化历史研究》。作者运用现代社会科学范式解读历史中和变革中的中国。

陈志武 龙登高 马德斌 著

2000年前后，丁师将一项教育部课题交与我，主要学术目标是通过量化统计全部九十年代现当代文学研究的论文，解析结论背后的规律。我与项目组的傅元峰、李玫、范伟埋首于文科楼系图书馆汗牛充栋的尺牍间，频繁抬头嘲笑对方的"学术民工"气质。

博士论文展开后，丁师又对我论据中的饼状／柱状图表颇示嘉许，其时迷茫而不解其深意——因为他一向的价值主张是义理重于考据，略别于学衡派经中央大学赓续至今的本系风气。多年后的今天，方悟出自己对"计量史学"的浓烈兴趣，实乃当年老师种植下的草蛇灰线。

Clark教授通过对姓氏与社会精英阶层固化关系的数据研究，发现了"拼爹"古已有之的科学逻辑：文化和社会资本的代际传递比物质资本的代际传递更重要，而前者很难被累进税或高遗产税等公共政策再分配。进而可以认为，人类历史上其实只发生了一件事，即1800年前后开始的工业革命。只有工业革命之前的世界和工业革命之后的世界之分，人类其他历史细节有意思，但不关键。工业革命之前，人类社会一直没有走出“马尔萨斯模式”（“人口减少—人均收入增加—人口增长—生存压力增加—战争发生—人口减少”的周期循环）。以中国为例，公元元年人均GDP为450美元，到洋务运动的起点1870年时基本没变——530美元。西欧也差不多。但1820年之后的100年翻了8番。收入翻倍数越多，对社会结构、制度的压力考验就越厉害，引发的变革要求就越强（此规律对判断今日世界形势也有启发）。

龚启圣（香港科技大学教授）与嘉瑞雪的计量模型对因果关系的检验也极有趣，中国2000年间任何10年，多一年旱灾都会使游牧民族攻打中原的概率增加57.6%。相反，中国南方发生水灾时，游牧民族进攻中原的概率会下降80.6%。

——想想为什么吧。

16世纪红薯进入中国前，每12个州府就有一个地区发生起义暴动；而玉米红薯进入后，即便是干旱年，40个州府中才有一个发生起义暴动。新粮种减弱了农民起义冲动，证明哥伦布对美洲的发现（玉米经内亚、印度、菲律宾于1560年之后进入甘肃云南福建），降低了中国农民起义的频率。这是23个省1330个县县志的计量考察结论！同样，土豆的引进，使得欧洲人口增长了25%，城市化率增长35%，直接推动了工业革命的发生。

采自中国第一历史档案馆《明实录》的样本显示，1550年左右海盗的爆发式增长，是由于海禁导致商人活不下去转变为海盗（80%是中国人，并非倭寇），充分说明“市通则寇转而为商，市禁则商转而为寇”（许孚远《疏通海禁疏》）点破的道理，这对今天的中国经济也并非全无警戒意义。

量化史学的结论是稳健的，很遗憾数学好的读书种子都去了计算机之类“变现”快的专业，而历史系适当招些数学好的苗子，当是史学出新之一途，大可不必让他们都去做纳什与霍金。

至于自己，委实是彻底来不及了。昏昧余年，忽于电石火光间领悟出老师当年的苦心，倒也算愚笨有得……

我人生中的“莫比乌斯带”

我人生中的“莫比乌斯带”出现了：边界消失，知识叠合。

例如可以成功使用鼠人理论诊断出某些性格极端的人患有肛门施虐狂症，齐泽克的语言叫“压抑性反升华”。原以为他们是可怜的谢里伯，幻想自己变成女人去和上帝交配，真相是为逃避空虚，在无休止的意识形态景观中避难，万一“表演”停一会儿，他们就会精神崩溃。因此，他们是那只没过成河的蝎子，未能逃脱手挥镰刀、身材颀长的“大收割者”。

好吧，玩玩“非共时性高潮”（布莱希特）游戏吧。

在其中，玛士撒拉才懂得多巴胺、血清素、内啡肽的提炼术，他是瘟疫斗士，笑看鼠疫患者在濒死体验途中是如何迷路的。

读《活着有多久：关于死亡的科学与哲学》〔加拿大〕理查德·贝利沃 丹尼斯·金格拉斯 著

二〇一七年九月八日 读《快感大转移：妇女和因果性六论》〔斯洛文尼亚〕斯拉沃热·齐泽克 著

《快感大转移：妇女和因果性六论》。作者斯拉沃热·齐泽克（1949— ）擅长以拉康精神分析理论、黑格尔哲学和马克思主义政治经济学解析社会文化现象，被同行称为『文化理论的猫王』『最危险的西方哲人』。本书亦大量涉及康德、黑格尔、德里达、福柯等学说，读起来有艰深晦涩之感。

《活着有多久：关于死亡的科学与哲学》。两名癌症预防与治疗专家对细胞运作机制的研究，并深入浅出地讲解其中的奥秘。

二〇一七年九月十日

读《古以色列史》

尤里乌斯·威尔豪森 著

《古以色列史》。德国现代宗教史学家尤里乌斯·威尔豪森撰写的古代以色列简史。

南边的巴黎正血流如注

威尔豪森是“底本学说”的创始人，《圣经·旧约》研究的权威。在马克斯·韦伯（“层级官僚制理论”的提出者）看来，他是那种“集大成”式的学者——不只是惯常意义上兼跨数个领域研究的通才，而是真正能够在不同领域研究间融贯基础、相互启发，游刃有余于宏大理念与文献考证之间的开拓者。

在我看来，他的《以色列史绪论》引发的争议，才是他青史留名的价值所在。争议的核心问题其实很简单：摩西律法究竟是古代以色列史的起点，还是犹太教的起点？他认为摩西律法的历史没那么古老，甚至不是古以色列人历史的起点，持此论者内心被浪漫主义害迷糊了。后世所见的《摩西五经》其实是由若干世纪产生的四种不同版本综合而成，真正成型的时间要比通常以为的晚很多，应该是在“巴比伦之囚”以后的时代。据此推测，犹太教作为真正意义上的一神教也应该是以色列人从“巴比伦之囚”获释回归迦南后建立的。因此，《摩西五经》及其呈现的律法严格意义上只是犹太教的起点，与远古以色列人的起源关系不大。

读此书时，必然想起席勒那篇《摩西的使命》，比威尔豪森这本书读起来文气更加酣畅淋漓些。它是1789年（我晕，南边的巴黎正血流如注）席勒在耶拿大学演讲的讲稿。蔡乐钊也译得好。查了一下，是个年轻人，研究孟德斯鸠分权论的。

喜欢这个年轻人。

二〇一七年九月十六日

读《自传契约》

〔法〕菲力浦·勒热纳 著

《自传契约》。自传的经典之作《法国的自传》和《自传契约》（首尾两章）的合订本。

有些高明的读者，是不佩服任何人的

勒热纳由于研究“自传”，成了“自传教皇”，或者叫“自传教父”更确切些。

在我看来，以“志向叙事”为开头的政治家自传最为无趣，这其中，略可称道的也就是托洛茨基的《我的一生》。文学家稍微好一点，在叙事安排上，他们更擅长在意义的统一（解释）与亲历回忆的生动呈现上达到微妙的平衡，这方面的正例是《忏悔录》与《词语》，貌似松散生动的叙事，其实建立在十分牢固的人格发展理论上。

所谓“契约”，关键在于消除读者的敌意和陈见：每句话都在回答读者的潜在发难。

——当然有些高明的读者，是不佩服任何人的。

《中国文化与中国的兵》。著名史学家雷海宗从两千多年以来中国兵员、兵制和兵文化演变的角度对中国历史、中国文化作了一番全新的剖析。

一种牧神巫祝式的清芬

早醒，翻了几页雷海宗和徐皓峰，联想到身边有些单位的现实，遂有忍俊不禁之感。

春秋之前，人主身上洋溢着一种清芬的贵族气质，那是一种牧神巫祝式的清芬，颇可玩味。晋惠公被虏，周桓王中箭，人主永远大气磅礴地冲在第一线（《左传》中记载的战争都有点游戏的性质，讲道理，不杀伐，繁文缛节，以德服人），甚至荆轲慷慨同意秦王死于韶乐，也算余绪……秦政开启了中国2000年的汤镬之灾，中国人被驯化成“下愚而上诈”的虫豸，怕死，爱钱，好面子，玩阴损，从此再无清晰的天命与德行——关键是还变得不好玩了。

请观察一下螃蟹，它一副蛮横无理、凶恶精明、脾气暴躁的样子，却掩饰不住骨子里的无趣与滑稽，非常像一个菜肉馄饨连锁店的小业主。

不吃你的馄饨，人就会饿死啊？

《苹果上的缺口》。乔布斯第一任女友写的乔布斯。

大晚上不睡觉调解家庭矛盾

这本书读得很沮丧，女作者给乔布斯生了个女孩，此后生活所有的意义就是处心积虑地让乔布斯增加每个月的抚养费。

这种女人怎么配与伟大的史蒂夫有关系？我鄙视她。

大晚上不睡觉调解家庭矛盾呢。

我也鄙视自己。

既是智慧考校，又是思维体操

二〇一七年十月六日

读《中国圣贤启示录》 〔德〕贝托尔特·布莱希特 著

《中国圣贤启示录》。三十卷本的《布莱希特全集》中的一本。贝托尔特·布莱希特（1898—1956），德国戏剧家、文论家、诗人。一九三三年后流亡欧洲大陆，在苏黎世的旅馆与本雅明相遇，开始接触、思考中国古典文化、中国戏曲思想。

这是一本奇书。

布莱希特把《易经》、墨子学说、马克思主义理论、欧洲时事杂糅在一起，写了一本满纸梦呓般的天书。对读者而言，既是智慧考校，同时又是思维体操。

你看他对“老人无助”的分析，简直是阴损刻薄，但又不得不承认他的逻辑。在这本书里，布莱希特以“米恩列”为化名，对俄国进行了鞭辟入里的解剖，看得人如芒在背。

恐怖加强了胆怯和勇气，这两种性格对于独裁者来说是危险的——布莱希特假借墨翟之口这么说。墨翟真的这么说过？“人民的信任因为被利用而耗尽了。”

两千多年前，难道墨翟就看穿了那些喜欢“推出特殊美德的国家”？如果一艘船需要英雄做水手，那船一定是腐烂了。

让我们以第三人称生活吧，在记录自己的生活时！

有点难过，我酝酿了8年的《布莱希特全集》，让北师大出版社抢先了。

二〇一七年十月七日

读《风雨如磐：西德尼·D·甘博的中国影像（1917—1932）》 邢文军 陈树君 编著

《风雨如磐：西德尼·D·甘博的中国影像（1917—1932）》。西德尼·戴维·甘博用他的摄影机建立的有关中国的图像档案。

普林斯顿是我最喜欢的美国名校

甘博这个美国佬是真迷恋中国这个“他者”。

普林斯顿是我最喜欢的美国名校，理由之一就是它培养出甘博这样宽阔而纯粹的人类性绅士。他母亲对他立了十条择偶标准，未来的儿媳妇必须：1.确认你离了她不能生活；2.家庭背景较好；3.不能是护士；4.她必须是你唯一愿意成为未来子女的母亲的女人；5.共同的志趣；6.乐观；7.适龄；8.大学毕业；9.充满理想；10.热衷于社会服务。

甘博如母亲所愿娶了伊丽莎白，并

带着一家子回到北京。很快小姨子就死在了这里，吓得其余人丢下甘博逃回了美国。

甘博没办法，他已经迷上了中国。如果说照相机镜头是有好恶的，那么你仔细看看《通州鞋匠》这幅照片，你一下子就会想起美国诗人朗法罗的《乡村铁匠》：他可以问心无愧地面对整个世界，因为他不欠任何人。

这个美国佬是个业余摄影爱好者，但无意中提供了衡量中国社会变化的基准线，对社会学调查方法的进步也有开拓意义。当然，更重要的是，镜头脉脉含情地对准的是普通人，作品背后是他悲悯广大的心。

二〇一七年十月十四日

读《家国梦萦：母亲廖梦醒和她的时代》

李湄 著

《家国梦萦：母亲廖梦醒和她的时代》。作者李湄是廖梦醒（宋庆龄秘书，廖仲恺、何香凝的长女，廖承志的姐姐）、李少石（曾任八路军驻渝办事处外事组周恩来的英文秘书）之女，这是李湄女士以其母廖梦醒为主线，撰写的一部家族传记。

怎么会变成这样？我们原来的理想不是这样的！

朴槿惠事件持续发酵，她有几个闺蜜智囊很过分吗？一位女性如果出身名宦望族，同时对政治有热情，此生若想风平浪静是不可能了。

这是一本很解渴的传记。传主身份特殊，她的一生几乎就是对一部现当代历史的串珠，读来惊心动魄。

我倒是认为里面一些细节饶可玩味。

孙中山困厄于永丰号军舰时，廖仲恺被陈炯明抓起来，何香凝面临她一生最难渡的关口。坐在船上，悲观得想跳珠江，拿最后一根火柴赌了一把：能划着就不自杀。

直到1927年6月，汪精卫还是共产国际的红人，思想也很“左”。突然共产国际中国代表把莫斯科《五月紧急指示》副本给了汪，汪惊愕地发现指示是要求工农领袖加入国民党进而彻底改变该党，同时组织军队，遂转向分共，宁汉合流。

廖梦醒在巴黎留学时，宿舍楼上有个外国小伙，叫“Tito”。新中国成立后，她听到南斯拉夫总统的名字时，认定就是他，于是委托宋庆龄向铁托本人打听1929年他是否在巴黎。宋认为廖的要求很奇怪，不肯帮这个忙。

李少石说，长期在隐秘战线工作，兴趣爱好不要让别人知道，比如希特勒相信占星术，同盟国情报人员在发生事情时以占星术去分析，即可准确判断。搞地下工作，如果自己的嗜好被对手知道，对手就会到他喜欢的地方守候他……

其实和平时期也一样啊。

叶挺夫人和廖梦醒辗转到达重庆，周公的父亲前一天刚去世，宴请他们吃饭的席间廖说：“听说老人家不在了……”话音未落，不料周一下子从座位上站起来，跑到外面。廖知道闯祸了，不敢再说话。幸好周很快恢复常态，回到屋里。

他们晚年的时候，“文革”后遗症导致的人性丑陋与势利……已经遍地习见了。病重住院时，她拉着作者的手，难过地说：“怎么会变成这样？我们原来的理想不是这样的！”

是的，理想主义往往在演进道路上，在其不可解析之处，衍生出它自己的腐虫。

这是悲哀中的悲哀。

二〇一七年十月十八日

读《陈独秀南京狱中资料汇编》

奚金芳　伍玲玲　编

《陈独秀南京狱中资料汇编》。陈独秀自一九三二年十月十五日至一九三七年八月二十三日在上海被捕、各方营救、庭审、判决上诉、改判、入狱到释放及南京狱中生活等的资料汇编。

生无可恋的理由

上个月王彬彬兄邀约回南京喝酒，电话里我说想起他那篇文章:《沪宁线上的鼾声》，击节赞叹了很久。

1932年10月18日，陈独秀在上海寓所被捕（四年前他的两位爱子延年、乔年已在上海龙华慷慨赴死），当晚火车押送他去南京，他竟在车厢内呼呼大睡！多少妄称勘破生死、得大自在的人，在这鼾声面前做何感想?

到了南京，军政部长何应钦受命审讯他。何应钦与一干狱吏竟然出于仰慕，纷纷备好笔墨，求仲甫题字。陈独秀倒也不客气，洋洋洒洒写了“三军可夺帅，匹夫不可夺志”“威武不能屈”等条幅，还给一个年轻军警写了“莫等闲白了少年头空悲切”，这场景画面真是千古一绝。

陈仲甫的狂，早在他光绪23年赴南京乡试时已峥嵘毕露。他说:“所谓抡才大典，简直是隔几年把猴子狗熊搬出来开一次动物展览会。”

审判开始后，惊心动魄的辩诉轰动了全国。细读中不止一次佩服到拍案！

1932年4月20日，章士钊为给他开脱，说陈独秀已是托派，托派多一人，即江西红军少一人……其实陈与江西方面无任何关系。但陈独秀的狷介傲气被激了出来，他在庭上反对辩护律师这种说法，他对江西方面是寄予莫大希望的！宁愿被重判。刘海粟佩服之至，去狱中看他，作画一幅，陈题词上头说“行无愧怍心常坦，身处艰难气若虹”。潘玉良感佩之下，身为中央大学教授，参加画展时的作品居然是《陈独秀在狱中》——历史上这种不要命的女人倒也少见。

这场著名的审判还未结束，《陈独秀自撰辩诉状》连同《检察官起诉书》《章士钊律师辩护词》《判决书》等文已经汇编成一本《陈案书状汇录》，由东亚书局出版，瞬间售罄，还被东吴大学沪江大学法学院选为教材，真神瑰传奇也。

至1937年8月出狱之前的5年间，陈独秀并非出了研究所进监狱，他是把监狱直接当成了研究所。服刑期间，还写信指导其他学者的写作，他自己则写了《中国古代语音有复声母说》《连语类编》《古音阴阳入互用例表》《荀子韵表及考释》《干支为字母说》《实庵字说》《老子考略》《甲戌随笔》……一大堆水平高妙的音韵学、文字学专著。陈立夫怕读者误会《小学（实际是"文字学"的古称）识字教本》为小学生教材，擅自改名为《中国文字基本形义》。陈独秀很恼火，不肯改书名，退回了5000元稿费，自己油印了50册奉送朋友。

牛人就是牛人，囚在笼子里也是牛人。庸虫就是庸虫，身居高位也是庸虫。

这本书曾经想申请朋友资助，结果当然是无果。我想，可能这正是仲甫先生烛照洞察国民性、在押解火车上打呼噜、生无可恋的理由吧。

拒绝内心溺亡

在希腊神话中，伊卡洛斯忘了中庸之道，使用蜡和羽毛造的翅翼逃离，或被太阳烤死了，或掉下来淹死了——但，没人关心这件事，大地上一切都并无不同。

若再有一次游历佛罗伦萨的机会，必须去圣马可修道院北侧宿舍七号房间墙壁上找到那幅《受侮辱的耶稣与圣母与圣多明我》——受到凌辱的同时却保持凛然威严，不就是去年本人的状态——明夷于飞吗？！那么，停下来，阖目，接受所有的声音，什么都没发生，拒绝被擒获，拒绝内心溺亡，不判断，不筛选，不执着，不期待。健康，自由，睿智，从容……心里是无尽的爱。

单牌楼和四牌楼在内城东西对称矗立，才有了东单西单、东四西四的简称；岳各庄、庞各庄的“各”乃是“家”字的古音——东晋到宋金，“家”字的读音经历了 ga-gia-jia 的演变，某报说是因为姓岳或姓庞的包工头领一帮子民工收割该村的麦子而得名，真是搞笑。

二〇一七年十月十九日

读《冥想》〔美〕莎克蒂·高文 著

《冥想》。书中讲述了如何有意识地控制和运用人类与生俱来的冥想能力，如何将它作为一种常规的技巧和工具，为人类获得财富、幸福、快乐。

《地名与北京城》孙冬虎 著

《地名与北京城》。内容是丰富多彩的北京地名，以及北京发展的足迹，不同时代产生的不同语言属性等。

《潮起潮落：新中国文坛沉思录》。现代文学研究者严平写的关于周扬、夏衍、陈荒煤、何其芳、沙汀、许觉民、冯牧、巴金的命运沉浮。

私下给自己的比喻是“约伯”

文学批评是我的专业，毕业后却鬼使神差地远离了它。

不久前看到洪子诚先生在上海主持了一个座谈会，话题是晚年周扬，衮衮诸公发言时语焉不详，言辞闪烁，身段柔美。窃以为周扬的晚年其实并不复杂，气候回暖，使得他的本我挣扎出来罢了。

身居要津，必惹忌恨。鲁艺时期的“抢救运动”在人心中埋下了地雷，有人听到周扬小儿子因翻车不幸身亡时，竟幸灾乐祸地说：“那个理论家的作品完蛋了！”新中国成立后某位省领导讲到《安娜·卡列尼娜》（周扬翻译）时说：有什么了不起，安娜不过是个婊子。周扬辗转听到后气得直哆嗦：“有些人什么都不懂，像这样的人，要整理出材料进行通报！”

足见文艺沙皇也是有私重脾气的，八十年代痛定思痛，四处道歉，被道歉者其实已然麻木——

大多七老八十行将就木了，枯槁之人互相还能有什么交流兴致。

再看何其芳，作为所长第一个给他的学生朱寨贴大字报，随即铺天盖地。朱寨绝望的感觉是：你们都在我身上擦吧，把自己的手擦干净！

但朱寨对何的理解是“他是领导，受命之下，当时完全可以让别人出面写这张大字报，可他却亲自做了，这是光明磊落。”的确如此，何不久还提拔重用了他。文学所评职称，何其芳毫不犹豫把还在受批判的俞平伯定为一级，自己定为二级，以至于之后成了他的严重罪状……

这样一个胸襟坦白的君子，一生最真诚的理想就是写好《毛泽东之歌》。

何其芳私下给自己的比喻是“约伯”，一个正直、敬畏神、远离恶事的耶和华仆人，甘愿吃尽所有苦难，在信仰路途上挣扎。

看着这些前辈的背影，不知为何想起了罗素的经典名言：“我绝不会为了我的信仰而献身，因为我可能是错的”。

罗素不仅怀疑权威，也怀疑自己原有的看法，他主张不断以新的理论，不断的辩论，不断的修正来更新思想。

二〇一七年十一月五日

读《奥威尔日记》

〔英〕乔治·奥威尔 著

《奥威尔日记》。乔治·奥威尔在日记中记录了与伦敦的流浪汉们一同乞讨、一同流浪、一同采摘啤酒花、一同住进收容所，以及深入矿井等生活。

1940年5月28日那天到底发生了什么？

我的“日记馆”出版计划已启动，继《小留香馆日记》后，一批现代文艺名家的特殊岁月日记即将面世。几日来比较纠结的是《张庚日记》要平装还是精装的问题，但这实在是幸福的纠结——因为做书，是人生四件美妙事情之一嘛。

奥威尔由于《1984》和《动物庄园》的流行这几年名声大噪，他的日记带给我的疑问是：1940年5月28日那天到底发生了什么？

之前很多年他的兴趣全在畜牧和植物花草上，他絮絮叨叨没完没了的是金鱼草、斑鸠、红醋栗、郁金香、洋葱、胡萝卜、母鸡（每日记录产蛋数与卖蛋收入）、韭菜、蝾螈、蜗牛、虱子、朱鹭、驴、迷迭香、蚂蚁、西葫芦……而在这一天之后，所有的日记文字彻底转向时政，动植物踪影彻底消失，一次也未提及。

谁不愿意躺在后花园里，养几只油鸡，看看天空的颜色呢？1940年8月9日，奥威尔写下：

“……生活来源断绝。噩梦缠身的我根本无法写作，虽然这对政府来说无足轻重，对作家来说却事关重大，因此，能逃税我就会逃税，不会为此良心不安。如果我认为有必要，就会为英国献出生命。在缴税方面，没人会爱国。”

结合休谟《英国史》，再来看奥威尔的人格结构价值观，我不仅想起阿克顿勋爵曾转引一位英国女作家的话，指出自由是古老的，专制反而是新兴事物。之后他补充道，对西欧来说是如此，对中国就不尽然。他说这句话的目的，是为了扭转当时人们形成的认为自由端赖文艺复兴与启蒙运动铸造的错误认知，批驳启蒙作家对中世纪天主教会的不实之词。

自由主义不是组织，而是共同体足够强大的秩序外溢。因此，《1984》只能诞生于英伦，指望以平等为喧哗口号、劣币驱逐良币恶化种群质量的国度产生这样的写作者，真是天若有情天亦老。

相比奥威尔，很多作家的作品，用余英时评价钱钟书学问的话是很恰当的：

“一地散钱——都有价值，但面值都不大”。

二〇一七年十一月十二日

读《现代性社会理论绪论：现代性与现代中国》

刘小枫 著

《现代性社会理论绪论：现代性与现代中国》。刘小枫教授以现代性问题为焦点，审理了百年来的欧美社会理论对现代性的观察和把握。

让我们欢天喜地物物交换吧

最近正在处理一场员工争讼，几个经历过20世纪50-70年代阶级理念狂热洗礼的老战士，挺着《血战钢锯岭》里老汤姆·多斯般的腰杆与胸膛，秉持《我不是潘金莲》中“气不顺就要杀人”的李雪莲的精神与气概，枚举了公务员事业单位干部和解放军工资狂涨的各类事例，罗列了今天早上胡萝卜大蒜西红柿排骨豌豆苗的零售价格……后，提出涨工资的庄严诉求。

记得王蒙《恋爱的季节》中用金线璎珞编织的新社会刚开始时，团委书记/副书记的公用自行车还分锰钢/钝钢呢……企事业养老待遇双轨制难道是一夜之间诞生的吗?

这是典型的松巴特与韦伯之争，是“世界市民化”后“圣俗二元紧张”增强的产物。

所以，这不是什么新问题，太阳底下无新事，“王侯将相宁有种乎”以来的平等竞争，带来的是市民（其中一小部分冒充知识分子）行为动机结构中隐含的宗教绝望感——渴求未来可以不再惊惧，岁月静好可以预期。然而团契基础早已被摧毁，每个人都坚信自己的身份角色认同与社会既定秩序中的定位不相符，从而进入一种狂热的生存性价值比较紧张情态——那就是“怨恨”！

怨恨的出口在哪里？

只有两个出口：1.贬低被比较者的价值（葡萄太酸）；2.提出不同于被比较者的价值观，取代自身的无力。此即尼采、弗洛伊德诞生的因果。

犹太人的盈利欲、法国大革命前的假贵族（暴发户）、陈胜、吴广、李自成、洪秀全……根子也在这里。

身份感、自知之明和义务履行，均已无法在价值内部回旋，普遍的攀比追逐开始狂热化，天赋平等搅动起来的怨恨整体爆发。

互害逻辑就这么建构起来了，我做孔雀石绿泡出来的生猛活鱼，你做蘸了避孕药水的新鲜黄瓜，让我们欢天喜地物物交换吧。

二〇一七年十一月二十一日

读《穆特与秦腔：爱乐者杂食笔记》

刘雪枫 著

《穆特与秦腔：爱乐者杂食笔记》。音乐评论家刘雪枫以音乐为主题的随笔集。

我想说的是恕道

想起一桩往事：2001年前后李泽厚在《文艺报》登了一则道歉启事，原委是与陈明的谈话录中对钱钟书、张岱年、朱学勤多有不敬之词——“钱钟书只是知道‘杯子’一词用英语法语德语西班牙语瑞典语怎么说，日文怎么说他就不会了……要论钱钟书提出了什么问题，解决了什么问题，说不上来。”

李泽厚在致歉声明中承认自己“有失厚道”“不如阮籍”——“籍虽不拘礼教，然发言玄远，口不臧否人物。”“可与言而不与之言，失人；不可与言而与之言，失言。”

雪枫的狷狂率真乃周一良先生留在他身上的印记。这本书促使我重新温习了一下《圣经·以弗所书》与刘向《说苑·至公》。事了拂衣去，深藏身与名，当然好；宽怀求全之毁和不虞之誉，和光同尘与时舒卷，思忖之下倒觉得更好。人有英气，必生圭角，我想说的是恕道。

世上升沉事，尊前现在身

读会昌老《闲堂书简》至1977年12月，见给杨翊强的信中如此叮嘱：“多做事，少说话，不吵架（极重要。能容于物，物亦容矣）。”

又自况道：“我很忙……每天没有三千字不下书桌了，一以忘忧，二以赎罪，三以比武。看后烧毁！”

忽然记起唐朝宰相牛僧孺诗，大意是“世上升沉事，尊前现在身”，觉得程先生的别号“闲堂”实有深邃含义。

二〇一七年十一月三十日

读《闲堂书简》

程千帆 著

《闲堂书简》。著名古代文史学家、教育家程千帆先生与海内外友朋、家人、学生等的书信汇编。

二〇一七年十二月三日

读《里尔克诗全集》

〔奥地利〕莱内·马利亚·里尔克 著

陈宁 何家炜 译

《里尔克诗全集》。收录了里尔克毕生创作的全部诗歌。《沈阳日报》记者、摇滚歌手陈宁（外号『大傻』）译。

何时，何时，何时才是尽头！

2012年12月噩耗传来时，我正在前往厦门的动车上。一路闽地草木电掣般后退，想起那日日夜夜与陈宁狂饮绿牌啤酒、解析里尔克不同优劣版本的毒辣时光。

他主动选择值夜班岗（死因之一），是考虑白天可以有时间排练——他的乐队曾集体被我的嘲讽激怒，几乎血溅南塔……之后我南下读书，入京挣扎。十多年来，隐约听说他在断断续续扫描OCR大斯图加特版《荷尔德林全集校注》（Grosse Stuttgarter Hoelderlin-Ausgabe）

那日在鼓浪屿见过老师后，整晚哀恸不已，无端与几位同门师兄弟烂醉于海边。

今夜，重读他对《杜伊诺哀歌》译本的评论，悚然看见《何时，何时，何时才是尽头》！

好吧，老陈，清明去沈阳看你。

不是背叛，起码是走出

这些访谈都很无聊，主要是问题没劲。粗翻了一遍，唯一启发是某个受访者的生活节奏有趣：

8-9点起床。

早餐后写作或阅读，上网处理邮件。

1点左右午餐。

下午与朋友喝茶聊天，处理具体事务，练练书法，读书。

晚饭与朋友喝酒。

晚上听音乐，11点后看一两部电影。

1-2点睡觉。

不知谁的经验：一个人要有出息，首先要从家庭解放出来，不是背叛，起码是走出。

二〇一七年十二月十日

读《吕露：与33个人的对话》

吕露 著

《吕露：与33个人的对话》。新锐女作家吕露与33位中国文艺精英的对话录。

《万念》。女作家潘向黎的断想式随笔集。

三本伟大的著作都是语录体！

《论语》记述的是君子气象；《世说新语》记述的是名士气象；《万念》则记述的是不从流俗的奇女子气象。

关键在于这三本伟大的著作都是语录体！

什么是大型动物?

以宋学为例，胡瑗解释“潜龙勿用”的勇敢，石介贬斥佛老的刚硬……

他二人不过是中型动物的画风，其“貌厚气完、学笃志大”止于形状，宗师气象是不够的。真正的大型动物何其罕少，古往今来，几头罢了。

《宋学的发展和演变》。漆侠先生从总体上概括了宋学形成、发展和演变的历史过程。

《乌鸦：爱伦·坡传记与诗选》。十九世纪最重要的美国作家、推理小说的开山鼻祖爱伦·坡的传记与诗歌。

天快亮了/却尿炕了

今天在朋友圈里给孙冕点了个赞。

被网名群起议论时，他无动于衷，一切照常，该转帖转帖，该调侃调侃，该议论议论，该扯淡扯淡。刚才他发了一张书法图片："欢喜就好"，其老顽童本色浑不吝！

这是一个57岁时从北坡第一个登顶珠穆朗玛峰的中国人；一个与崔健创办中国第一个户外音乐节（丽江雪山）的人；一个集毕生精力为成千上万栖栖惶惶的抗战老兵养老送终的人；一个不久前在古城即墨壮阔庭院内与我狂饮豪唱的人……

实在不知道该怎么去定义他。熊培云那篇回应性质的"供词"写得如此凛然沉痛，读罢却内心想讪笑几声；这老孙头没心没肺，却让人生出几分坦荡的快意。

你看他的照片，永远在狂笑。

晚上刚读完《艾伦·坡传》。坡死后，每

年在他的诞辰日，都会有一个黑衣人在巴尔的摩墓地出现，倒一杯白兰地，放三朵玫瑰花，留一张纸条，然后诡异离去。自1949年之后，年年如此，从未爽约，至今没人知道是谁，以至于英语词汇里后来新增了一个叫“为坡敬酒者”(PoeToaster)的词语。

坡之身后名极为煊赫，但是他生前实在是太愁苦了，愁苦到我都不想具体描述了。

孙冕与坡完全是两类人。对比之下，我迟疑地把砝码放在了老孙头的价值盘子里。我想，苦难一辈子/死后被传诵，大体相当于天快亮了/却尿炕了。生而为人最重要的能力，应该是让自己时刻快乐的能力。

在这件事上我忧虑的是通过大字报式道德审判，通过质疑和污损个人私德，进而污化一个价值观方面的引领者的世相。

这种时刻，你一定要像曹操面对陈琳的檄文。

2018
君子豹变

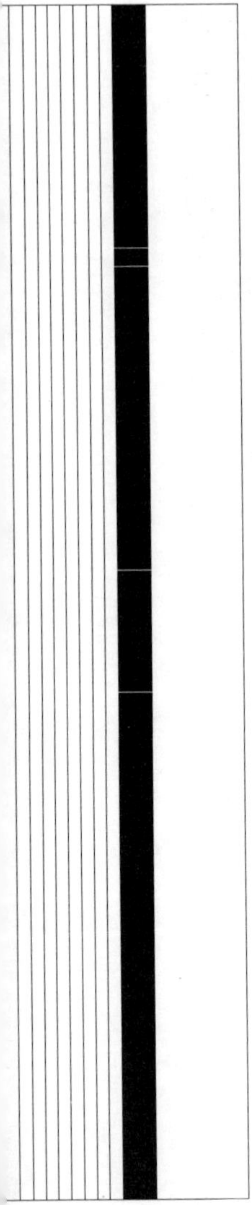

大人虎变；小人革面；君子豹变。

性情莫测不可捉摸叫“虎变”；靠着变脸乞讨生活叫“革面”；从善弃恶润饰事业叫“豹变”。

刚养出来的小豹子，简直丑到没法看，皮毛黏滞混浊肮脏，像一团烂泥。

谁曾想到它长大后，会渐渐生就那一身好皮。

“君子豹变”是说，一个读书人（知识分子）从懵懂到朗润，从丑陋到美丽，从幼弱到壮伟，从无聊到丰盈，逐渐成为一个温润如玉品质贵重的人。慢慢蜕变，等待那一天。

在那一日之前，生活只是“无意义的时间洪流”，时间轴并不向一个可能世界延伸，我们生存在陈旧而黑暗的、不容改变和质疑的因果律里。然后，在那一日，读书启示了“存在”的意义，使它破蔽而出。

2018年，我在读书中实现了彻悟：

我们必须在重塑法则和欲望的关系中重塑激进的审美传统，在如豹之变的进化争夺中把自己颠倒了的镜像再颠倒回来，恢复身上被生活世界掠夺走了的力量。

豹变，意味着一场从“自在之我”向“自为之我”、“本然之我”向“应然之我”发起反拨的伟大战役。

豹变，是因为日常生活和大江大河之间，总存在着某种古老的敌意。

读《舒芜口述自传》　舒芜 著

《舒芜口述自传》。舒芜先生面对过往的陈述与态度。

不必看别人脸色

舒芜自谦一生是“蠹鱼事业，苜蓿生涯”，故对其文章的整理者“惶谢再三”。他和胡风之间由于信笺演成的公案，后来成了近现代知识分子史的一条重要注释。如果他在书中的解释是真的，那么胡风辩称当年发表他的《论主观》是为了批判，就显得用心幽微了。

文人弄墨，多不得善终，因为他们常常是“奔腾随万马，惆怅恋朱栏（前宵梦影残）”，首鼠两端，心无宁日。摘帽后，《文学遗产》要发表他关于杜甫的文章，主编陈翔鹤暗示他不要用原名，原因是大领导曾经看到摘帽者的新文章后，调侃他们乃“发愤著书”，如太史公。于是他便醒悟噤声。真是难为了。

作者回忆在人民文学出版社做编辑时的一次选题会，颇为幽默，转录如下：

有一次忽然通知，说是要召开讨论会，谈选题，我也参加。这个会议可有意思了，主持会议的是陈克寒。此人解放初期当过社长，架子很大。冯雪峰和王任叔都到了。会场上大家的表现都很有趣：冯雪峰气呼呼地坐在那里，自始至终不说一句话；代表上级出席指导的是林默涵。他一直低头看文件，很忙，分秒必争；陈克寒趾高气扬，东看看，西望望，居高临下，什么都不在眼里。王任叔看看人到得差不多了，附在陈克寒耳边小声问："人差不多到齐了，可以开会了吧？"陈克寒突然大声反问："可以开呀！为什么不可以开？"弄得大家一惊，纷纷抬头，莫名其妙。

会议开始了，各编辑室主任汇报选题、文件起草以及其他编务方面的准备情况。一遍汇报下来，王任叔不失时机地提了要求，而冯雪峰还是一言不发，从头到尾坐在那里听。最后，请林默涵作指示，林就大谈一通理论、哲学、政治、文艺等等，各方面都谈到了，就是没有谈眼下汇报的这些个选题怎么样。最后，陈克寒做总结："刚才默涵同志的指示很全面、很深刻、很重要，大家回去一定要好好消化，就照这么去办！"大家你看我、我看你，照这么去办，究竟怎么办？是赞成这些选题呢，还是不赞成，需作些什么样的修改？不知道。

后来我才听人说，当时有个原则，出去到下面指导工作，不能对具体事情谈具体意见，要谈原则意见。据说这样就可以避免被动、争取主动。这么说来，我算是领教了。

舒芜对聂绀弩的佩服却是真诚的，足见如聂这样有深奥内功的人，不必看别人脸色。此乃人生一乐。

二〇一八年一月十三日

读《夫妇们》

〔美〕约翰·厄普代克 著

《夫妇们》。美国当代文学大师厄普代克探讨美国中产阶级性爱生活的代表作。

还是要读经典

人心惟危，不因肉躯相似而相似。

这几天看到一则新闻，说在德国，残疾人嫖娼可以得到医保报销。说明对身体的理解与同情，在不同的文化里赋值差异之巨大。

去年在挪威，导游小伙子介绍路德宗影响下的北欧国民，其生活理念是每干一件坏事，就再干三件好事，身心平衡方才达成。

读厄普代克这本《夫妇们》，会难过地发现，即便是认识自己的身体，人家的迷茫、虚无、幻灭、自由观……也比我这种人早了半个世纪。

当代小说实在乏善可陈，所以，本着节约时间计，还是要读经典。

《安娥传》。著名作家、诗人、戏剧家、社会活动家安娥的传记。安娥创作的歌曲有《卖报歌》《渔光曲》《打回老家去》等。儿童剧《狼外婆》《海石花》和戏曲《追鱼》《情探》等至今仍在舞台上演出。

手刃过叛徒也未可知

读完田汉读安娥。

年轻时风华绝代，写出闻名全国的《渔光曲》（40年代已是延安新华广播的开始曲），作为特科干部手刃过叛徒也未可知（至今未解密）；70年代拖着半身不遂的身体三个小时走半里路去看李少春（著名京剧艺术大师），被警告几百块钱的存款不许花。

1940年初，安娥与史沫特莱（美国著名记者、作家）去边区，李先念安排两个13岁的红小鬼为她们服务。其中一个叫盛国华，参加部队前他在铁路边要饭，有个人从窗口扔出几片鲜黄的东西，他拾起来一闻，啊，真香！就把它们藏起来，每过一会儿就拿出来闻闻，舍不得给任何人看，还找了块破布把它们包裹得严严实实的。很久以后才有人告诉他，那是橘子皮。

安娥听他稚气的描述后很难过，给他买了很多橘子。

离开那里后不久安娥收到他的信，信里称她“娘”。

仅仅几个月后，小男孩死于战斗。

生命，各种各样的生命，沉浮于不同时代与命运的卑微多舛的生命。

二〇一八年一月二十日

读《古人的文化》

沈从文 著

《古人的文化》。沈从文先生研究古代物质文化史的随笔集。

好汉不吃眼前亏

坊间认为由于20世纪40年代末秩序真空被重新填占后，沈从文方弃文艺而转向古代器物研究。事实上1948年协助北大博物馆筹建时，他已有《陶瓷史》一书问世。

当年时局迸裂，他被吓得精神失常，3月份于病中自杀，获救后干脆专注于冷学术，这一转变的确护佑了他20年，最倒霉的日子不过是17年后作了60多次检讨。

好汉不吃眼前亏，谁说必须玉石碎？！

这本书里他对扇子、镜子、玉、衣服、螺钿、漆器、輂舆、金花笺……的衍生、时兴、类别、变异娓娓道来，例子信手拈取，得意处戏谑调侃，实在让人觉得比起《边城》一点也不差。

读后知道原来元杂剧中艺人不分男女腰间必插一扇，武臣腰间的大扇子，竟长达两尺！实在有趣得紧。

史上记载古人无镜子可照，用的是一个装满清水的敞口盆子，这种铜器叫“鉴”，盆底刻字，譬如“与其溺于人也，宁溺于渊”(武王盘铭)、“苟日新、日日新、又日新”(成汤盘铭)、“瞻尔前，顾尔后”(周武王鉴)……又洗了脸，又照了镜子，还可以励志一番。后来有了青铜镜，延续了刻字成例，比如汉镜用于男女相赠时，多刻八字铭文“见日之光，长毋相忘”——汪国真与琼瑶的“杂交体”，酸掉满嘴大牙。

《逸周书·克殷篇》里说纣自焚于鹿台时，把小山一样多的玉器堆在自己身上——这头猪想把自己炼成玉石吗？

二〇一八年一月二十八日

读《懒惰的历史》

〔法〕安德烈·劳克 著

《懒惰的历史》。法国文化史专家，斯特拉斯堡大学教授安德烈·劳克写了一本关于『懒惰』的图文史。

全世界的懒汉们联合起来!

16世纪之后，随着工业化和阶级冲突的加剧，时间不再属于上帝，而是被交回到人的手里，道德被空前强调……“懒惰”于是成了一宗罪。

懒汉是无能者、失业者和寄生虫的同义词，后来甚至成了焦虑抑郁症的病理现象——据说是一种神经官能症瓦解了这类人的意志。

个人时间与工作时间开始变得泾渭分明，更变态的是周末和假期也有了律令——必须去做运动和锻炼，必须去电影院剧院打发时间，必须去郊外旅行……而早上赖床，晚上看着电视不挪窝，沉浸于游戏机或电脑无法自拔，没有抓紧闲暇时间去提高自我的修养，都成了对自己不负责任，自己都隐隐觉得有罪。

拉丁词pigritia（懒惰）包含了蜗牛、缓慢、软体动物和拖延的意思，常用来指责懒人遇到生存考验时缺乏韧性，稍有挫折就放弃努力。《坎特伯雷故事集》（英国诗体短篇小说集。有同名电影）最后一篇里神父讲道认为懒散是在推卸责任，要像对待生命最后一天那样对待每一天！

80年代有首革命歌曲《清晨我们踏上小道》里自豪地唱："太阳还没有升起，我们就出发了！"——给祖国勘探石油去了。

这是不是现代性的紧箍咒？！孙行者要不要怀疑他头上的紧箍咒？！

我记得拉伯雷《巨人传》里高康大给自己立下的规矩是"人生不受法律、法规或准则的约束，想啥时起床就啥时起，吃喝劳作睡觉完全看自己的心情，没人强迫他"，归纳总结为一条，即"想怎么样就怎么样！"

罗伯特·伯顿《忧郁的解剖》里干脆宣布：

"懒惰是贵族的特权和特征！"

因为他们认为工作与自己不相称，只有工蚁才工作呢。

有人驳斥：都不工作，大家岂不饿死？

懒惰的贵族们就像特朗普在电话里向澳大利亚总理或墨西哥总统说的那样：

饿死就饿死，你大爷的！

法国著名散文家拉布吕耶尔在《性格论》里告诉我们：自由并非游手好闲，而是自由安排时间；自由不是无所事事，而是自主决定做什么和不做什么。

卢梭在《忏悔录》里比较过具体情况：如果缺乏活力和计划，懒惰就等于奴役；但是如果注入激情和兴奋，懒惰会让自由成为可能。

近代法国政治哲学的奠基者拉博埃西说：下决心不再受奴役，你就自由了。

你看王尔德表面上像“葛优躺”，像北京网吧里北京孩子们在电脑游戏前的姿势，实际上在当时那是优雅，是被疯狂模仿的风尚。

历史学家米歇尔·佩罗就认为奥勃洛莫夫（俄国作家冈察洛夫小说中的主人公）“象征了绝对的隐逸”，“他甚至不用看地下，双脚就能准确无误地滑进拖鞋里”，只要想到旅行，就吓得魂不附体。深深爱着他的奥尔加泣不成声地问他：

“你那么善良聪明温柔高尚，得的这病名字叫啥？”

他有气无力地答道：“奥勃洛莫夫主义。”

在尼采看来，这是对工作（生产本位体系）的超越，是对可憎文明的沉默反抗。但我觉得拉乌尔·瓦内然在《优雅懒惰颂》里说得更如芒刺：

罪恶感损害并败坏了懒惰，打扰了它的优雅，剥夺了它的智慧。

每个人在时间里拼命追逐却永无收获，疲惫不堪最终却变成令自己厌恶、而非希望成为的人，只能把希望寄托在退休、疾病和死亡上，以终结痛苦——要想终止这样的时间，没有比罢工更好的机会了。

马克思的弟子和女婿拉法格指出，由于相信西西弗是幸福的，你们便卷起袖子干吧，用你们的个人苦难换取社会富足，害怕失业，被工作盲目的、反常的、致命的热情所异化。唯有懒惰，才能恢复你们被掠夺的人性。让我们“夜以继日地无所事事和大吃大喝”。

这是个说不尽的词语。在被文明普遍压抑，懒惰反倒成了拯救之路、德行之母的时候，懒人们就会悄悄地在内心嘟哝：

全世界的懒汉们，联合起来！

《大学·中庸》。《大学》与《中庸》本是《礼记》中的两篇，《大学》以修身为核心，《中庸》强调『诚』。

个体既可成乔木，亦可成枯草

“被抛”和死是大规定性，是生存论前提。在此区间内，个体既可成乔木，亦可成枯草；既可若王虎，亦可类蜉蝣。夭寿不贰，修身以俟，大德敦化，止于至善，不亦壮美乎？不亦璀璨乎？不亦有趣乎？不亦有意义乎？从天眼俯瞰，大德者，必受命。大德者，必得其位，必得其禄，必得其名，必得其寿。是故，发宏愿，做圣人，做天下第一等人，立德立功立言，岂非教育德范之根本乎？历史上那些坏时期属于“两不像”之流沙社会也（挂西制虎皮，行专制实际；废圣贤教泽，兴狡诈治吏），因无主流宗教组织力量，西学之文明加圣人之权变就成了拯救之良方。

具体到修身，应该领悟并实践两个字：“止”与“中”。

止：三十而立，即知止；五十而知天命，亦即知止。三十知止即知理想与程序（三纲八目和专业轨道），五十知止即知毋意、毋必、毋固、毋我。

中，此亦一是非，彼亦一是非，人心惟危，非允执厥中不足以应对经营。致良知，致中和，喜怒哀乐之不发，发而中节。破欲望之茧、破皮相之茧、破事业之茧、破情感之茧，见自我、见众生、见天地、见得失观、见价值观、见格局、见气象。

二〇一八年二月十日

读《冷漠的证词》

洪子诚 编选

《冷漠的证词》。洪子诚先生编选的一九九〇年代学者散文集。他在序言中写道：『选入本书中的散文，有一个明显的特点，这就是对于时代的重要现象和话题的态度。……他们的写作，在总体上表现了一种「问题意识」，表现了对我们身处的社会生活问题的敏感。』

“冷漠”的精神趣味

九十年代刚刚过去，总结辞随即出来，比如“思想淡出、学问凸显”，再比如“荆轲刺孔、舞阳读经”等。的确，九十年代给予我们这样的印象是不奇怪的——学术专门化程度的加深整饬了学术的公共规范，因此也推动了思想的深化，实乃学术之幸也。不过，这一趋势也引来了某种忧虑。我曾经想：倘若学问成了一类自足自律的专门器物，摆弄这些学问的学者成为了一群面如重枣的学术恐龙，那大抵不是学问的原旨初衷，有可能反倒是学问的畸态。

戴东原［戴震（1724—1777），清代著名学者、大思想家］所谓的“致知穷理”，意在穷究“生命之理”“精神之境”。他说：“理者，存乎于欲者也”，意思是说，如果没有“欲”，“理”也就无所安身立命。规范并不错，可规范拜物教就是令人生厌的，纠葛于规范的学问不是好学问，只有从规范的学问中解析出精神趣味，学问才能聚拢意义。

手头这本《冷漠的证词》某种程度上修正了我几年来一点固执的偏见——虽然八十年代没有九十年代那么多钩玄钩沉、训究考证、微言大义，没有公然宣称天下兴亡与我无关的学问，但八十年代是值得辩护的，没有风尚和浪潮的波澜起伏、诡谲多变，整整两代人文知识分子不会在短短十年间完成一次现代学术演化的思辨洗礼，虽然这种施洗难免让人发疯（正应了福柯的说法：“在解释中断之处，在解释愈益向无法进行之点集中时，最可能出现的是类似疯癫体验的东西”）——我坚持认为九十年代丧失了这种“疯癫体验”，丧失了某种类似“酒神精神”的东西，原因在于九十年代中国的“二重封建化”——意识形态话语集注的“非现代性”与价值理性缺位工具理性膨胀下的“日常生活的重新封建化”（哈贝马斯），合力导致了中国“现代结构”的缺失。方方面面的技术在变革在进步，艺术与学术所要表述的原旨及核心——“存在”却被遗忘了。

一句话，学问的凝练是以牺牲趣味为代价的，这里的“趣味”，指的是学者生命姿态与精神扮相的个性显现。某种程度上，我认为趣味是比学问本身更重要的东西，心态、格调、情感……这些东西是稀释甚至扫灭生命之局促感（时间恐惧）的不可或缺的东西，也是衡度一个人胸襟器量与精神境界的重要标杆，所幸洪子诚先生让我们知道，九十年代不曾令我们失望：在出版业疯狂膨胀、恒河沙数般的出版产品迷乱人眼的九十年代，学者散文的丰盈昌盛，使整体文化状貌显示出它的非凡真相，那就是中国的人文知识分子在复杂叵测的历史理性面前，在“意识或不意识”的价值云翳中不仅保持了他们一贯的本位关怀，更有意味的是，恰恰是学术的分化与独立为他们玩票似的“文学写作”提供了动力和资源，使得他们在九十年代这样一个挤满丁聪漫画人物的功利滔天的时代里，在这样一个充斥着喜剧精神的“嘉年华”式的大卖场中，呈现出了物拘时代精神个性与精神趣味的奇异魅力。

如洪先生的话：“在九十年代，学术独立品格的培育，在面对当代生存处境问题上注重学理探求的方法，通过反省以调整研究路向和学术立场的态度，以及由此导致的学术专业水准的普遍提高，正是事情发生这样的变化的根源。可以设想学术工作为学者提供了他介入现实的主要途径，而在研究成果的孕育中，并非任何感觉和思考都能以专业论著的方式体现，随笔式的散文，是他们的另一种表达手段，一种更融入个人经验和心智的成果……是学术经验与日常经验，理性思考和情感记忆开掘的结晶”。

值得一说的是，这种经验（学术的或日常的）的新质显然奠立于其独立判断的品格：陈平原对大学文化的溯源与反思，寄意的是教育理念的自律期待；经济学的樊纲与文化哲学的刘小枫在学术背景上相隔甚远，却来共同诘究德行伦理失范之于生命本体的兆意；黄梅读外国名著的洞幽烛微与金克木谈“书”的行家里话，其阅典观史的老辣绝非一种意识形态的激情可能推动的；陆建德和李辉对历史人物的品藻其实是一种提醒——思想遗产倘若总是被忽略，历史教训就会没完没了；李零和朱大可这一对“学术顽主”的讥诮，貌似有失忠厚，倒是完全可以将它视为独标孤高之姿态，其中是有慈悲念头的，有关“真孙子”之争的文化杂耍白描和关于“流氓”生命周期的考古，难道还会有比反讽更合适的精神姿势？汪晖、朱学勤对他们所谈论的对象是有温情在其中的，不过温情背后的愤懑和积郁想必难以解释为温情的副产品！……

这是一个普通的散文集子，但又有其特殊之处——它并不是一群专门散文家或普通文学爱好者的散文集，而是一部九十年代学者群体的精神报告文牍。它的出版，有意无意间（可能根本就不是编选者和出版者的初衷）透露了一个信号：九十年代学者通过他们这些业余散文中的精神趣味，使我们不约而同地意会到了一个事实——中国现代性诉求的核心理念，也即以市场化为先导（市场参与对国家权力的分享）的价值领域分化加快了步伐（现代性的基本原则尺度是在康德那里被确立下来的——即价值领域的形式合理性分化和人承担建立世界秩序任务的主体性原则），文化想象悄然失去了统一性基础。文化现代性构想及其在中国的实验，也即现代民族国家“语言共同体”的认同确立以及社会诸领域的自律性分化进程中，学术自主的美丽景象已在眼前，虽然说只是在相对的意义上，虽然说历经了无穷无尽的不足为外人道的艰难滋味。

也正因此，这些“学者散文”共同的特点是——保持了足够的节制，有意避免哪怕是稍微的情绪化，给人的感觉仿佛“情绪化”是八十年代的专利，那种“过犹不及”的品格简直是有些稚气。八十年代若有谁情绪化，可能被誉为一个“片面而深刻”的“精神斗士”；到九十年代谁再这么干，那就整个一上蹿下跳的马戏小丑，纯属自取其辱。不怕你是个笨伯，就怕那种“束书不观、游闲无根”的轻浮，情感的克制当然不等于缺乏情感、零度情感，而是一种历史情境的精神匹配要求，因为相对于八十年代的此起彼伏的“开风气”的兴奋，九十年代遭遇了前所未有的复杂精神环境：全球化、现代性、后现代性、民族主义、激进与保守、资源配置与社会公正、拜物教与理想主义……

驳杂斑斓的文化态势要求学人惕守一份屏声静气的节制，立场与宣言要求事先的谨慎判断，这当然不是犬儒主义，而是一种并不容易的责任心，就像何怀宏暗下的决心：“好好地认识我们现在所处的时代”。这是一种九十年代式的“成熟”，一种历史理性的成熟，一种初具了独立与自尊后的精神扮相，其中自有这个时代独特的精神趣味，倒不仅仅是洪子诚先生说的那样——只是为了“和空疏、感伤、矫情的流行风格保持距离，而追求智性、拙朴，以反讽、幽默控制情感泛滥的风格”。

“证词”虽然“冷漠”，但的确不失为一类趣味殊异的时代的“证词”。

二〇一八年二月十八日

读《内在体验：无神学大全》

〔法〕乔治·巴塔耶 著

《内在体验》。法国二十世纪上半期著名哲学家、评论家、小说家乔治·巴塔耶『无神学大全』三部曲的第一部。他以哲理名言、思考札记形式构建全书，表达了他对生命、死亡和内在体验的思考。

这个家伙的语言很妖

耗费、逾越、祝祭、神圣情色，是巴塔耶的主要哲学概念。他与尼采是近代以来流体哲学和呓语哲学的两位大师。

对巴塔耶的解析如下：

1. 内在体验，指的是神秘状态、迷狂状态、出神状态，它是永无休止地质疑追问一切事物的结果。

2. 诗歌情感所诉诸的令人心神不安的意象与中介，毫不费力地触动了我们。诗歌引入了陌异者，但它是通过亲熟的东西引入的。通过神秘领悟来占有那高出我们的存在。

3. 体验是唯一的权威和唯一的价值，体验将我撕成碎片。体验最终实现了主客体的融合，既是未知主体，也是未知客体。

4. 只有把一般的生存戏剧化了，一个人才能获得迷狂或出神的状态。如果我们身上有一种权威，一种价值，那么就有一场戏剧。比如喝酒聚会，一个身上缺乏戏剧性的人不会引起我的交往兴趣。戏剧化在所有宗教中都是本质性的，如果不知道如何戏剧化，我们就无法脱离自己。戏剧让浪荡子、店主、匿身于拯救期望的信徒有了统一在一个人身上的可能。

5. 我是一场空洞的恼怒，在自己身上看到的是裂隙，是无能，是徒劳的焦躁。我感到了溃烂，我触摸的一切正在溃烂。我要把我个人扛到尖顶。

6. 巴塔耶说“死”：正是死着的时候，我才无可逃逸地察觉到那建构了我之本质的撕裂，只要我活着，我就满足于来来往往，满足于一种妥协。死去的自我如果还没有在死亡的怀里，抵达“道德至尊性”的状态，它就在毁灭中与万物保持一致，混含着愚蠢和盲目。诱惑、权力、至尊性对死去的自我而言都是必要的——为了死去，一个人必须是一个神。

恶心和狂热的诱惑在死亡中得以统一并加剧，问题不再是平庸的取消，而是最终的贪欲和极端的恐怖发生碰撞的那个点。

在死亡的光环中，并且只有在那里，自我才创建了它的帝国。

生命向死亡敞开了自身，自我壮大着，直至抵达纯粹的命令：这个命令在存在充满敌意的部分中，被明确地表达为“不得好死”。在遥远的可能性里，这种“不得好死”的纯粹性回应了激情的要求。

死亡在某种意义上是一场欺骗。

死亡令人苦恼的特点表明人对苦恼的需要。没有这样的需要，死亡将看似安逸。人，可怜地死着，让他自己远离了本质。因为对动物来说，没有什么是悲剧的，它不知道死，不落入自我的陷阱。

如果一个人不接近死亡，对死亡（还有它给存在之无边性带来的解放）的意识就不会形成；但只要死亡完成了它的作品，意识也不复存在。其间产生无数看客和轻率之徒。

7. 唐璜唱道：女人万岁！好酒万岁！——人的支撑与荣耀。

8. 一个人渴望脱离他自己，把生活戏剧化，因为他已然知道，这种生活很有可能是一种半焦虑半假寐的琐碎。我们如何试着从草草的投射开始，获得非话语的体验？无论如何，我们只能用戏剧来投射对象点，我求助于令人心烦意乱的图像。

9. 人是一种滥用自身的动物。恶心奠定了做人的感受。

这个家伙的语言很妖，读的时候一会儿不知所云，一会儿醍醐灌顶。如果巴塔耶坐在我对面喝酒，我会说构造自己是有趣的，任何时候都不晚，硬着头皮这么干吧。

一块九成以上的金子

二〇一八年二月二十日　读《我的父亲田汉》

《我的父亲田汉》。田汉的儿子田申对父亲深沉的缅怀。

田申　著

用郭沫若1919年赞扬田汉的话说，他是"肝胆照人，风声树世，威武不屈，贫贱难移"，是"中国人民值得夸耀的一个存在"。

夏衍说"人无完人，金无足赤，但田汉是一块九成以上的金子"。

再次致敬田老大。只要日日修身进德，人人皆可成尧舜。

谨记。

二〇一八年二月二十五日

读《经学历史》

皮锡瑞 著

《经学历史》。清末皮锡瑞先生书写的研究经学的重要入门书。

经学是童子功，想入行也晚了

在周予同眼里，两千年的经部书籍1700部、20000余卷。中国又是一个极其重视史籍的民族国家，直至清末竟然没有一部系统严整的经学通史。刘师培的《经学教科书》第一册（经学史，第二册《易》，其余未成）和皮锡瑞这本书其实也失之简略，日本人本田成之《支那经学史论》在东京弘文堂出版深深刺痛了民国学者。

我曾尝试攻读朱彝尊的《经义考》，所列书目，“更仆难数”。但经学蔚为大观的学问其实可以略分为三大类：一、西汉今文学，二、东汉古文学，三、宋学。

今文经学把孔子当政治家，认为“六经”是致政治之说，偏重微言大义。特色是功利，弊端是狂妄。

古文经学把孔子当史学家，认为“六经”是孔子整理古代史料之书，偏重名物训诂，特色是考证，弊端是琐碎。

宋学把孔子当哲学家，认为“六经”是孔子载道的工具，偏重于心性理气，特色是玄想，弊端是空疏。

今文经学对后世中国的社会哲学、政治哲学有戮助；古文经学对后世中国的文字学、考古学有奠功；宋学对后世中国的形而上学、伦理学有创举。

以后品藻学术，切不可偏执以耸听，失之宽仁公允。

《尚书》的今古文是问题，《左传》的真伪是问题，《周礼》是否为实际政绩记载是问题，《易》的产生时期和思想来源是问题，《春秋》的笔削命意与《公》《穀》《左氏》的异同是问题，《诗经》有些篇目如《关雎》的美刺是问题，《静女》是否为恋歌是问题，六书的起源、壁中古文的真伪、妖妄谶纬、籀篆隶的变迁无一不是问题……这就是章学诚、惠栋、戴震、洪亮吉、段玉裁、钱大昕、孙星衍、苗夔存在的价值。

皮鹿门先生其实是个文学者，对宋学的立场不满意（全书处处讥斥王柏），也不崇信古文经学（和刘师培正相反），因此也不是公道之书，同时也谈不上有多少伟大的创见。但这本书的学术门径很清晰，值得一读。

问题是经学是童子功，想入行也晚了。

二〇一八年三月三日

读《自由的深渊》

〔斯洛文尼亚〕斯拉沃热·齐泽克 著

《自由的深渊》。作者斯拉沃热·齐泽克是拉康传统最重要的继承人，长期致力于沟通拉康精神分析理论与马克思主义哲学研究。本书是齐泽克在拉康心理分析理论指导下对谢林第二手稿《世界时代》的解读。

大话很脏

话题是由谢林《世界时代》引起的，也把这本书作为附录放在了后面，因此大可把《自由的深渊》看作是齐泽克对《世界时代》的读后感。但齐泽克就是齐泽克，满篇都是拉康诊断精神病式的俏皮话。

谢林试图解决时间起源、自由之谜、充足理由律中止之谜、创始之谜，但最终还是沮丧地回到伦理。他也想到了宇宙大爆炸，后来牛顿引力定律和爱因斯坦相对论共同证明宇宙不是静态的（否则会在引力作用下坍塌），随即弗里德曼模型提出、多普勒效应（光谱红移现象）发现、哈勃对星系漂移的发现，证实宇宙在膨胀——那么宇宙就肯定有开端，一定是从一个能量极大的奇点开始膨胀的。基于此，谢林将根据律之谜、时间与自由之谜解释为创世之前上帝的存在形式是“意志”或“力”，是“神圣的疯狂”。

人的不自由，在于无意识对人行为的影响，

在于他不知道自己在做什么，捕捉不到，他就是不自由的，比如精神病患者。但人为何还要对自己的行为负责呢？“善”的意念是怎么产生的呢？在迫害我们的人面前，似乎只有耶稣的观点是合理的：赦免他们吧！因为他们的所作所为，他们不晓得。

借用拉康术语说，现实界处在实在界的过剩多余与象征界的缺乏不足的张力之间，容易在这种张力下破碎，要么滑向实在界，遭遇谢林所谓“神圣的疯狂”；要么滑向象征界，遭遇到黑格尔所谓的“世界之夜”。激情隐秘而诱惑，但之后是虚无丑陋和恐怖，让人发狂绝望烙下创伤，自己2017年春节前后就是这样，享乐损伤身心健康。

我们周围充斥着理想主义话语，象征界话语，吸血鬼话语，这些大话很脏。意识形态中的极权者就是“世界之夜”的体现，如希特勒……都是用理想主义的象征符号为正当性杀人。

实在界（“神圣的疯狂”）也好，象征界（“世界之夜”）也罢，都是纯粹自由导致的极端化越界——落入了自由的深渊。怎么和解呢？只有明确自由的界限，避免越界，避免在“快乐原则（本我）”与“理想原则（超我）”两端走偏颇，要么神圣的疯狂/要么世界之夜，就掉入了自由深渊，其实是不自由的。

这个年轻译者一会儿把瓦格纳的Tristan 译为“特里斯坦”，一会儿译为“兑斯当”，倒是把我彻底弄分裂了，我承认今天被这本书拉入了自由的深渊。

二〇一八年三月十日

读《中国历代政治得失》

钱穆 著

《中国历代政治得失》。钱穆先生的专题演讲合集。

读书人其实是一种脂肪

中国两千年的政治制度设计只能用“专制黑暗”四个字形容吗？钱穆是颇不以为然的。

钱穆否定制度决定论、制度崇拜的理由是：制度是死的，人事是活的。别人的制度势必追随着他们的人事而变，我们也追随着变，何等愚蠢？如一个壮年人不要睡摇篮，便认为睡摇篮是要不得的事。显然钱穆这么讲是在偷换概念，他否认制度有价值等级，于是在这本书里拼命给中国的古代制度寻找合理佐证：

1. 汉代是轻徭薄赋的。孟子早说过“什一而税，王者之政”，汉代是十五税一，实际是三十税一，甚至有百一之税（见荀悦《前汉纪》）。五险一金占到收入45%的本人表示心悸。

2. 汉武帝把“少府”的皇家私款捐献出来，命令最有钱的盐铁商富自由乐捐，无人响应，才创始了盐铁专卖。这是国家社会主义。

3. 汉代固然人人服兵役，但考虑“三年之耕，一年之蓄”，如果不是卫兵和本地兵，而是边地戍兵，只需要三天，这不是什么苦差事，搁今天边疆三日游你得花一趟出国的钱。如果不想去，三天出三百块钱给政府，就可以不去。政府拿这钱雇人去。

4. 因为人口税的缘故，汉代的奴隶比普通民户的生活还好。不信你去读《史记·货殖列传》。

5. 唐代相权不在君权之下，给事中帮皇帝确定诏书后，门下省如果反对，批注后可以驳回，叫“封驳”。刘祎“不经凤阁鸾台何名为敕”就是批评武则天的话；唐中宗未经两省私下封了一个人官职，自己也不好意思，没敢用朱笔用的墨笔，装诏敕的封袋不敢用正封改用斜封，时称“斜封墨敕”，意思是让下面马马虎虎承认算了。但这个官员到任后被讥笑为“斜封官”被人看不起。足见传统中国政治在唐宋时不全由皇帝专制。

6. 唐朝的“熟拟”到宋朝成了“面取进止”，

说明君权渐渐重于了相权。即便如此，宋代制度的缺点在于散弱，不在专暴。南宋宁宗时，已快亡国，皇帝下御札（手条），还激起朝臣愤慨，说事不出中书，是为乱政。

7．谏议制度（清议）的制衡效果不错。如果谏官讲错了，被免职，声望反而更高，以后更有升迁机会。于是宰相说东，他们就故意说西，但他们不是政党，是分散孤立的，不像今天西方的反对党是反对政府的。因此有利于政策的清明同时稳定。

8．真正黑暗的专制，始于明太祖洪武十三年的胡惟庸案，宰相被废止，到雍正的特务政治时达到顶峰。清府学县学都有明伦堂，都卧着一块石碑，上面三条禁令：一生员不得言事（言论自由），二不得立盟结社，三不得刊刻文字（出版自由）。

钱穆一个很重要的观点我倒是认可，他说要解决中国社会的积弊，则当使知识分子不再集中到政治一途，应该奖励工商业，让聪明才智转趋此道。但两汉以来却使知识分子竞求做官，仕途充斥，造成政治上的臃肿，读书人成了政治脂肪。

自古以来读书人即便身居要津，也是没有世袭特权的，士只是一种流品，难以成为阶级。那么，他们在“政治花果山”上，就只能是“少爷/姑爷/师爷”格局中的师爷，不跪舔谄媚，是要饿肚子的，倘若还做谮主的梦，下场就会很悲催。

黄依依到底死于谁手?

二〇一八年三月十三日

读《幽僻处可有人行:事件·文学·电影阅读经验》

张志扬 著

《幽僻处可有人行:事件·文学·电影阅读经验》,张志扬(墨哲兰)先生三本『阅读经验』散文首次结集。

一个阅读反例。

把影评能写得痛快淋漓、齿颊生香、拍案叫绝的作者,至今还没发现过。这倒是充分说明了电影艺术的神奇。梁启超的书评超越了蒋百里的书本身、钟鸣对曼德尔斯塔姆诗歌的析读远比原诗辽阔、某某某的人物品藻之落英缤纷超过了人物本身的精彩……而出色的影评家在哪里?

张志扬聊了大约20多部中外电影,值得一说的也就三个问题:安东尼奥尼《放大》真相如何?《暗算》中的黄依依到底死于谁手?《朗读者》(《生死朗读》)中的肉体隐喻与精神救赎要义是什么?

特别是最后一个问题,其实就是阿伦特“平庸之恶”的电影命题,汉娜就是一个被审判的女艾希曼,只不过审判她的人是被她引诱过的少年,而少年在汉娜死后内心也在遭受审判。

总之,电影过瘾,书不过瘾。

二〇一八年三月十八日

读《谭其骧传》

葛剑雄 著

《谭其骧传》。传主谭其骧是新中国历史地理学奠基人，作者葛剑雄是谭其骧的学生，亦为谭其骧最后十余年的助手。本书为学生为自己的先生写的传记。

一生的学术气象

谭其骧一生的学术气象，与负笈燕京时顾颉刚的特殊眷顾有莫大关系；职业际遇则和邓之诚的热情推介有着深厚渊源，足见一生遇上个好老师，是三生的幸运，谭竟遇上两个！

五十年代末，他明确反对有人热衷的“教授治校”，认为清华这么弄的结果是派系纠纷，争权夺利，说明他在中国社会“烂糟游戏”上的认知是老吏断案水准，而林彪委托叶群请他讲军事地理课，他根本不事张扬，原因是他压根不知道叶群是谁。以他的资质，在治学的黄金年龄完全可以大放异彩，奈何由于大人物一句话，十载春秋空耗在对杨守敬《历代舆地图》的缝缝补补上（类似吴晗马屁拍了个空的那个幽默故事）。

谭的研究很有意思，比如古籍里的“云梦”是楚王游猎区的泛指，包括了山水湖平原多种样貌，并不存在跨大江南北的云梦之泽；再比如诸葛亮的躬耕地在襄阳，刘表的无为而治才使他可以十年隐居，怎么会跑到袁术的宛县去广交朋友呢？这一主张激起了两千万河南南阳人民的公愤；再比如1989年他就提出实行行政二级管辖制（省管县），省级政区调整成50个，变成“道”，理由是秦汉以来每逢乱世，这种一级政区辖境的首长很容易成为破坏统一的割据者，如东汉末年的州牧刺史、唐安史乱后的节度使、民国的督军或省主席。

我对这些问题的兴致已经难以遏制。

谁生厉阶，至今为梗

二○一八年三月二十五日

读《四院·沙滩·未名湖：60年北大生涯》。

《四院·沙滩·未名湖：60年北大生涯》。乐黛云教授追忆了与自己生命相依的北大生活、读书、求学、治学、师友。

乐黛云 著

　　1982年乐黛云在伯克利做客座研究员时，和朋友卡洛琳合作了一本《To the storm》。她看见卡洛琳的小女儿只有几个月大，但十分任性，"眼睛里闪耀着野性而热烈的目光"，从不喂饭，爱吃什么吃什么，爱吃多少吃多少，想往哪爬就往哪爬，想尿就尿想拉就拉，从来不训练大小便自理。卡洛琳反问乐黛云的是"为何这么早就去训练小孩控制自己和压抑自己？"

　　读到这一段时，又想起黄永玉在集美学校上中学时，不爱学习数学物理，考试总是零分——他对初中一年级还让学生玩一些幼稚的牵手游戏感到可笑，屡次考试都无法过关。在集美两年，留了五次级，前后的同学就有几百人，最终没有在集美毕业。但他找到了一个好去处——学校图书馆。这个不爱上课的少年，凭兴趣阅读翻译小说，读所有能丰富他想象的读物。虽是战时，学校图书馆仍不断有新书、报纸、杂志寄来，如《西风》《刀与笔》《耕耘》《宇宙风》《良友》《人世间》……几十年后，曾有拍摄黄永玉电视专题片的摄影师，在集美学校图书馆找到过他当年在安溪借阅过的图书，色泽黯淡的借书卡上，写有他的名字。酷爱阅读的习惯由此而形成。这一习惯伴随了他一生。文化层累投射于他的艺术，方才恢弘，自出机杼。

初中没毕业的黄永玉如今在凤凰、香港、意大利、巴黎都有豪宅，北京的万荷堂完全是一座巨型庄园。那么多听话的学生从最高学府读完博士后出来还在为找不到工作、买不起房犯愁，可见听话、控制、压抑几十年下来，反而变得不安全——焦虑、恐惧、脆弱、无助，还得重新学习儿童时代要学习的素质——目光澄澈、无所畏惧、尊重本能、删繁就简、敢舍敢弃、直奔主题；学习畅快淋漓的、洞彻人生“偶在性”与“一次性”的生活智慧。

可笑的是，这种智慧人家小孩子生下来就拥有。难怪李贽那么赞美“童心”，难怪克尔凯郭尔说“你应当重新成为孩子。”所以，我见不得大人训斥孩子，你有什么资格？！那小鬼做你的老师绰绰有余！

汤用彤先生惊讶于儿媳不识《诗经·桑柔》，儿媳乐黛云便以雪耻之勇熟背了《诗经》。“谁生厉阶，至今为梗”，谁搞出来的祸端，至今还在产生灾害？各级干部培训第一课应该领读《诗经·桑柔》。中小学基础教育的体系与理念也是如此。

1992年上乐黛云先生的课，兴味盎然，课堂笔记能记下她说的每一个字，结科论文也得了高分，内容随即淡忘了。很多年过去后，才真正从她那里悟出一点点道理。

谢谢她。

二〇一八年四月七日

读《田汉评传》

董健 著

《田汉评传》。『中国现代戏剧三大奠基人』之一田汉的传记。

一张张熟悉的面孔忽然变成了牛头马面

传主田汉是我的前任，不久前我刚给他塑了一尊雕像；作者是我的老师，自求学南雍至今不断给予我精神濡染。

20年前读过十月社的版本，如今重读则意味深长，因为20年间，我与他们竟产生了如此不同寻常的关系。

田汉与郭沫若，无论早年东瀛订交，还是晚年歧运，简直就是中国的席勒与歌德之翻版。

南国社是在野干艺术，在野干教育，是一种“私学”精神，在中国自古以来的思想牢笼里，下场如何可想而知，可它居然轰轰烈烈从上海折腾到南京。戴季陶为了不让《孙中山之死》公演，这个部长竟然低三下四地请田汉吃饭，田汉拒绝了他的要求。“傲娇”的田老大30年后，却每天在日记里检查自己的思想。

中国左联领袖鲁迅与日本左翼领袖藤森会面，茅盾夏衍作陪。田汉几杯酒下肚开始高谈阔论谷崎润一郎，滔滔不绝。鲁迅厌烦之极，低声对夏衍说“看来又要唱戏了！”说罢告辞退席，宾主皆难堪不已。田汉的性格其实也是决定他多年后悲剧结局的原因，他既没有郭沫若气象学家般的嗅觉，也缺乏冰心那样蜗牛触角般的世俗智慧。

《黎明之前》1936年公演时，国民党中宣部劝他把剧团转为“国营”，享受拨款，被他拒绝。他当着部长的面说：“有生命的艺术常常是野生的，我们有一个信念，就是我们在舞台上赔的钱，还是要在舞台上赚回来，希望方部长（方治）有君子爱人之德……”再看今天大家为基金、大奖评选打得头破血流，觉得田老大当年简直是个神话。

——神话是需要土壤的。

他当年那么春风得意，他的足迹走到哪里，戏剧旋风就刮到哪里。1945年他到昆明，竟有诗云:“昆明二月花似锦,万人争看田寿昌”。

1947年3月12日,1000个名流在上海给他过五十寿辰。

政权鼎革后,田汉任中国剧协主席兼文化部戏曲改进局局长,领导戏曲改革,他本人亲自对900多个京剧剧目进行分类统计考察,发现鬼神怪异迷信类109种,大约12%,而《除三害》《八大锤》《劈山救母》《河伯娶妻》之类有其启蒙价值,不宜一概否定——他不肯委屈自己的常识判断,噩运就是早晚的事了。

戏曲改革中“新中国成立后的压迫”——新的操作往往带有很大的主观随意性和长官意志决定一切,客观上形成新的压迫。这种类型的观点怎能不给后面的倒霉种下祸根?!

1966年的批斗会上,他看见了那么多熟悉而狰狞的面孔,有抗战桂林大撤退时他救过命的小女孩,有他的亲儿子……“好像入了地狱,一张张熟悉的面孔忽然变成了牛头马面。”

摧残中,糖尿病和肾病一齐发作,被送到301医院罗瑞卿病房的对面。小便尿不出来憋成尿毒症,惨死于1968年12月10日。

读史犹如秋深闻寒蝉之声,凉意阵阵袭来,一声悲叹。

不留像、不留声、不授徒

今天参加“爱爱腔”“转转腔”“俊英腔”“爱珍腔”四大声腔学术研讨。

清同光年间，山陕梆子的领袖十三旦（侯俊山）、元元红（郭宝臣）等，在将梆子艺术推向巅峰的同时，也立下了“不留像、不留声、不授徒”的规矩，成为后人研究令人头疼的盲点。作为一门溯源于先秦慷慨遗响的古老艺术，试问谁现在还能完整演唱《钵中莲》的《补缸》？

梆子《藏舟》其实在乾隆年间徐昆的《柳崖外编》中已成名折，而《蝴蝶杯》却晚至光绪才形成全本。徐昆在乾隆五十一年就感慨万端，认为与梆子戏有关的许多“高调”，已经成“广陵散”了。

20世纪80、90年代，山西剧种还有56种之多，前些年统计剩下26种，最新数据是目前尚能通过演出存续的只有15种了，这种形势下对声腔进行学术总结可谓紧迫。王馗兄干了件好事！

二〇一八年四月十日

读《上党明珠张爱珍》

陈衡英 著

《上党明珠张爱珍》。戏剧家张爱珍的传记。张爱珍是中国戏剧家协会会员，山西晋城市上党梆子表演艺术家。内容包括家族身世、教育承传、艺术人生等。

二〇一八年五月五日

读《康熙朝〈皇舆全览图〉》

李孝聪 白鸿叶 著

《康熙朝〈皇舆全览图〉》。介绍了康熙朝《皇舆全览图》的测量、绘制、版本流传等内容。

一丝冷异的好奇心

古代没有飞机，地图何以能够绘制得如此精准——轮廓边界与今天一样！这个问题困惑了我很多年。

对《皇舆全览图》的制作过程了解后，茅塞顿开。事实上中国传统绘制地图的方法除了形象山水画法，“计里画方”之法——即在图上按比例绘出格网的办法早在晋代即已成熟，裴秀提出的“制图六体”原则，直接指导了宋代《禹迹图》的编制，里面黄河长江的线形都较为准确。

康熙年间张诚、白晋等外国传教士（大多死于田野测绘工作中）使用子午线、三角测量法、天文测量法（测出少数基点，再用三角推算各地地理经纬度校核，包括正弦曲线面积伪圆柱投影法），耗时十年大功告成，各省份图拼合完整，并进行铜版印刷。这个工程的启动肇因于中国历史第一个具有民族国家意义的边界条约——《中俄尼布楚条约》，它的签订导致了传统疆域观念发生巨变，从此“天下”变成了清晰化的“版图”，进而体现国家对人口和土地的控制。

《皇舆全览图》测绘珠穆朗玛峰比印度早135年；首次证实“地球扁圆说”为牛顿提供了依据，作为十七世纪的制图学，已经领先于世界各国。

成功的关键一是康熙的雄才大略，二是中西学术大合作，三是各省督抚全力支援。海南三亚的“海判南天”石刻即此番测绘的标志实物，气象宏大！

然而今天再看这项描绘宏阔统一文明疆域的工程，不还是普天之下莫非王土的奴役术数吗？！在文明演化本身的意义上，仅有固化亚细亚模式的现实意义，“统一”和“广大”的价值何在呢？想来想去，不过是满足了本人一丝冷异的好奇心罢了。

笑死人不偿命

二〇一八年六月二日

读《天鹅绒监狱》　〔匈牙利〕米克洛什·哈拉兹蒂　著

读《教坊记笺订》　〔唐〕崔令钦　撰　任半塘　笺订

《天鹅绒监狱》。米克洛什·哈拉兹蒂是匈牙利当代重要作家、思想家、大学教授，同时也是匈牙利最重要的地下期刊《讲述者》的编辑。本书极富洞见地描述了『镣铐下的美学』、艺术家与现代左翼作家之间的共生关系。

《教坊记》。记述唐代教坊制度和轶闻的著作。笺订者任半塘先生是我国著名的词曲学家、戏曲学家。

哈拉兹蒂《天鹅绒监狱》乃许知远从剑桥大学图书馆里“顺”出来的原著，交给一个叫戴潍娜的姑娘翻译，译的过程中觉得“王法之外有侠盗之气”。

《教坊记笺订》乃任半塘先生著述重器，原著仅2700字。任先生真渊玄大家矣！魏二的故事笑死人不偿命。

谢寿光好汉

内心叫一声“谢寿光好汉”，为社科文献出版社这本《王明年谱》。

王明对米夫的前恭后倨，很快复制到了康生对他的关系上。哀痛乎绞肉机！悲凉乎人性！这本800页的巨著汪洋恣肆地引用弗拉基米诺夫的《延安日记》及其本人的《CCP半世纪》，几近变相研讨禁脔……

学术担当易，出版担当难啊！

鲁煤先生于中日友好医院重症监护大车店里挣扎，断最后一口气之前，我噙一汪泪水深吻其额头。

把这本书献祭给他老人家，在那边，以这个理由，和胡风喝一杯吧。

二〇一八年六月七日

读《王明年谱》

郭德宏 编

《王明年谱》。郭德宏教授根据王明主要活动的特点，以时间先后为序，将本书分为七部分对王明的一生进行了记述。

《方以智晚节考》。余英时先生详细追溯了方以智晚年的活动和他最后自沉于惶恐滩的心态。

方以智的“吾赊死”

夜读《方以智晚节考》，再度激发出对晚明史的兴绪。

以余英时先生的结论，《清史稿·密之本传》和马其昶的《桐城耆旧传》对方密之罹难死节语焉不详。康熙十二年重修《桐城县志》时，方密之仅逝两年，显示出此事的蹊跷与世识之讳莫如深。估料方乃被解往广东途经万安时，自沉于惶恐滩（另说乃疽发致卒）。

此间的意义在于个人的道德救赎，何故在明亡28年后，仍类深潭投石，激出“阶层良知”这样的价值命题——28年过去，清朝鼎革已见气象，殉国举动其实已经丧失了必要性。但他临行时却说：

“吾赊死”（我只欠一死了。幸过六十，更有何事不了）。

之前方以智曾断续出家近20年（1650-1671年）躲避入仕。按钱穆（宾四）先生的分析，他的逃儒归释乃其迹，非其心。因为以他为代表的三教合一的主张，不耽于晚明学风的习气，还是不能把他当作禅师，更应该视为遗老的佐证。

我个人偏爱读晚明史与晚清史缘故有三：

1. 政治鼎革前后，伏尸千万，人心激荡，文化的崩坼之变往往成为思想史的重要节点，其学术魅力光芒难掩（如牟宗三言中国文化亡于明亡之时；或者《明史·神宗本纪》所谓明实亡于神宗）。

2. 激变之时，人性百态之展览缤纷斑斓，略以归类，即可作教育子嗣之鲜活史料。

3. 以古观今，常涌生澎湃之悲悯，于释解现实之苦痛，真良方也。

另翻阅相关参考书（陈贞慧等），体会冒辟疆与陈圆圆、董小宛三人之际遇，觉佛教律令的奥义精深，颠来倒去无非此三条：

1. 业——一件事导致另一件事；

2. 无常——过去是彼，现在是此；

3. 空性——既是且非。

董小宛何以竟是董鄂妃，但陈寅恪先生引钱谦益《病榻消寒杂咏》以诗证史，结论很有力量。

这里说到的“无常”，我的理解：即便你是“天际朱霞，人中白鹤”，也不能保证你可以苟全性命于盛世，遑论衰世与乱世。

二〇一八年六月十七日

读《东华录》 王先谦、朱寿朋 著

《中国近代史》 〔美〕徐中约 著

《东华录》。含《东华录续编》，是王先谦先生所撰编年体清代史料长编。

《中国近代史》。中国近代史研究权威学者徐中约从清朝立国开始，下迄二十一世纪，讲述了四百年来中国近代社会之巨变。

清末精英之双重心态

读王先谦《东华录》第18卷，并徐中约《中国近代史（1600—2000）》。

深感清亡有规律可循，其中两个要素尤其致命：

一、官员的厮混心态。

儒家背负的天下兴亡的使命意识已普遍淡漠。官员难得有机会提出积极主动的独立见解，或获得适当的权力来完满地履行职责。相反，所有官员都屈从于一套严密的规章、限制和牵制网络。“最慎重的做法是尽可能少地承担责任——多注意在形式上遵守成文的章程”。官场中的指导原则便是免生事端。作出大的决策是皇帝的特权而非行政官员职权范围内的事情。一个官位很高的廷臣曾透露，升官的秘诀乃是“多磕头少开口”。官场中形成了一种息事宁人、做表面文章和敷衍了事的倾向——凡事不要破坏现状。这些特征束缚了官员采取富有激情的行动和对挑战做出富有想象力的反应。这种状况并不让朝廷担心，因为朝廷最关心的并非施行有活力或至少是有效的管理，而是王朝的安全。

二、士人的避畏心态。

受频繁的文字狱之威胁，学者们避开了政治而试图在古书堆中寻求庇护，造成学者与现实脱节。他们自夸为学问而学问，不再追求经世致用。经科举登第为官的人便在这样一种气氛中受训练。许多官员都是软弱之辈，并不希望做治国能臣。知识分子的道德沦落到了这样的一种程度，无疑意味着他们已经忘记了对社会应付的责任，也忘却了学以致用的重要性。社会失去了真正的领袖，一个必然的结论是，官场中普遍的道德沦落至少部分源于知识分子阶层的玩忽懈怠。

财政、人口和腐败等表面问题，其实容易解决或清肃。但是如果以上两种颓丧心态没有丝毫革新振作气象，民间的怨怼就会通过“会”（主要在南方）与“教”（主要在北方）来寄托信仰和道德感，统治终究陷于崩塌。

“同治中兴”与“百日维新”，不过是回光返照的“秋老虎”。

二〇一八年六月二十四日

读《李宗侗自传》

李宗侗 著

《李宗侗自传》。作者李宗侗教授是晚清名臣、高阳相国李鸿藻的文孙，早年随其五叔李石曾先生留学法国。本书是李教授在北京大学执教《中国史学史》期间完成，自家世写起，记述了著者留学国外、任教北大、创办《猛进杂志》、整理故宫文物等经历。

惜名勿沽名

传主忆述他先祖文肃公的做官规矩：

“要济事勿喜事，要近情勿殉情，要惜名勿沽名，要任怨勿敛怨”。

任怨与敛怨好理解，济事喜事、近情殉情可不可以理解为行知之辩中“行”的尺度很关键？假定众生是短视和任性的，那么领导他们的官员，就不能动辄喜怒形于色，要有气度驾御局势和场面。

而这气度，又蕴藏于“惜名勿沽名”的品行修为。

《清史稿》中对重臣的诏褒，多“品端学粹、守正不阿、忠清亮直、练达老成”之类，传主的祖父李鸿藻就得了几个这样的词语。甲午中日起战端，他和翁文恭乃主战派，即近年电视剧中多同情李鸿章，而讽讥他二人为夸夸其谈颟顸昏聩之所谓“清流领袖”的焦点人物。

传主对这段往事评价语焉不详，少以品格

论人，料有为亲者讳的顾虑。然而反过来说，李宗侗提及的几件事，让人不得不钦服纯正儒家熏陶出来的阁廷重擎，就是在品格上无懈可击。

文韵阁的笔记记载，说同治十一年，穆宗将要举行大婚典礼，内务府的预算惊人，仅宫中悬挂灯彩一项就要很多钱。李鸿藻颇不以为然，他性格刚直，就对恭亲王说："论起来悬挂灯彩，应东起山海关、西至嘉峪关皆当悬挂，又岂止这一点经费！"恭亲王哭笑不得，回答说："你的话太正直，不可以用。"但光绪召见他时对他说："西边闹得太不像样了。"李鸿藻那时候已经年将七十，有一点耳聋，但确实听见了这话，他知道德宗是指的孝钦后（慈禧），那时西苑正动工修理，就答说："皇上说的是不是西苑的工程？那很容易办，叫他们对门禁加紧一点，免有闲杂人等随便出入。"足见李鸿藻对帝后之争心知肚明，怎么答对，他早已烂熟于胸，这叫老成谋国。

读《李宗侗自传》的几点体会：

1. 清赵慎畛的《榆巢杂识》值得注意。

2. 写东西的时候，心中要想着写给比自己更高的人，东西出来就是好东西。

3. 不管如何耀眼的名门望族，辉煌只是一两代。"三代承风，方成世家"，有些名宦的后代于奈何中，竟成了大学问家，譬如李宗侗。但要讲济危救世独撑乾纲，研究社会史的学者都知道"君子之泽，五世而斩"。"眼见他起高楼，眼见他宴宾客，眼见他楼塌掉。"（《桃花扇》）。昆曲这么唱可真损。

师哲眼中的容忍

二〇一八年七月八日

读《我的一生：师哲自述》

师哲 著

《我的一生：师哲自述》。本书记述了俄语翻译家师哲的人生历程。师哲曾先后随毛泽东、周恩来、朱德等人访问前苏联及东欧。

“侧记”类出版物常常被归入“野史”，但史料价值不容小觑。

刘义庆《世说新语》后，唐代之笔记，譬如由轶事变化来的“杂录”极有考据价值，我所知道的有裴铏《裴铏传奇》、段成式《酉阳杂俎》、刘餗《隋唐嘉话》、李肇《唐国史补》、赵璘《因话录》、苏鹗《杜阳杂编》、郑处诲《明皇杂录》、李绰《尚书故实》、五代孙光宪《北梦琐言》、封演《封氏闻见记》、苏鹗《苏氏演义》、李匡乂《资暇录》。尤其宋代笔记主要记载本朝轶事或掌故，虚构成分较少，史料性特别强，如司马光《涑水记闻》、王明清的《挥麈录》、欧阳修《归田录》、吴自牧《梦粱录》等。明代沿袭宋代传统，主要著作有陆容《菽园杂记》、郎瑛《七修类稿》、朱国桢《涌幢小品》、沈德符《万历野获编》。清代最有成就的笔记为考证类，如顾炎武《日知录》、钱大昕《十驾斋养新录》、赵翼《陔余丛考》、俞正燮《癸巳类稿》和《癸巳存稿》。20世纪的100年，留存的私人回忆录并不多，大量的口述笔录工作未及完成，重要的当事人却已经相继走了。将来的史家当痛悔何如？！

师哲这本活色生香的回忆录，简直可当一部中苏外交史来读。为这本书向人民出版社致敬。

巨变时期与和平时期，人欲的目标别若天壤。西方存在主义悯念人生起源的“被抛”一词，实不为过。光绪八年，大灾袭来，饿殍遍野。一个姑娘深夜听到自己父母商量着要杀死她充饥，连夜逃命，天蒙蒙亮撞到正下地干活的师哲祖父，这个姑娘于是成了师哲的祖母。唉，这是中国版本的“祖母悖论”。

师哲的许多回忆很生动，比如他记得主席说：“我是个好人，能容人，连老鼠都可以在我屋里自由往来（陕北的老鼠有半尺长），甚至爬上我的脖子。”这话是指这样一件事：他在专心致志伏案工作，一只大老鼠爬上他的脚，上了腿，上到他的身上，他都丝毫没有察觉，直到老鼠爬到他的后脖根，他才似乎觉得有东西，下意识地用手扒拉了一下，老鼠跳到地上，他才发现是老鼠，待他发现时，老鼠已经跑掉了。

这个容忍，当然也指政治韬略意义。让师哲印象深刻的是周公“如履薄冰、戒慎恐惧”，这是掌握了尺度后的容忍。胡适讲容忍比自由更重要，这个“容”字，是力量和尺度的平衡产物，只可意会，不可言传。

二〇一八年七月二十二日

读《中国古代建筑概说》

傅熹年　著

《中国古代建筑概说》。著名建筑史学家、文物鉴定专家傅熹年先生介绍中国古代建筑概貌。书中有大量建筑大师珍贵手绘，再现中国古典建筑之精妙。

建筑史学才足够端庄、清正、矫矫不群

每每被问及“学的什么专业”时，我就心生羞惭，“文学”这种专业，多少意味着恣意、无序和不靠谱！而在我的专业等级制里，建筑史学才足够端庄、清正、矫矫不群。

难怪林徽因女士改弦更张。

于是乎，傅熹年先生这种著作才是我的写作理想。

此书读罢，明白了很多冷僻的概念，譬如“谯楼”是州府衙前才可以建的门楼，县城是不够格的。我迷恋的上党梆子名折《藏舟》中首句“耳听得谯楼上二更四点”，恍悟那小凤莲原来是州府姑娘。

王家宫殿的架构，必须象征王权的巩固与威严，汉萧何说“非壮丽无以重威”，唐骆宾王说“不睹皇居壮，安知天子尊”，于是乎越造越壮阔唐长安城中轴线主街宽度已达155米，可供5000人的仪仗队从容穿行。

中国古代朝代更迭有个恶例，即新兴王朝要把前朝的宫城毁掉，以灭王气。北京的景山，一说是挖太液池的土堆，其实是拆毁元大都宫城后堆积成的“镇山”，明朝时景山叫镇山。

200年后，明思宗朱由检在镇山自尽，明亡。

二〇一八年八月四日

读《王蒙自传：大块文章》

王蒙 著

《王蒙自传：大块文章》。可以了解上世纪七十年代末至八十年代末的文人生活。

遂在心里养了个汉奸对付身外麻烦

薄衿不耐五更寒。半夜冻醒后一气读完《王蒙自传》。

都说王蒙圆融，还是他自己有首词中一句“猴儿淋漓”颇为自况神肖。此君成名早，遭摧折后远赴边陲，遂在心里养了个汉奸对付身外麻烦，颇得老庄智慧之妙，比如“知无用而始可与言用也”“树无用而免遭斤斧”云云，常拿来解嘲。他在作协工作时只佩服那种政治上自信、原则性斗争性坚持性强的老人，如周扬、夏衍、欧阳山、刘白羽、张光年，张光年有句名言：一个人活一辈子，连个人都没有得罪过，太窝囊啦。

据他自己说，上面让他当文化部长，他是辞谢再三（学习宗仁发、黄有义），但上任后对各种特别待遇也是颇有小得意，倒也坦诚。

中国办事不兴在会议上搞什么表决，少数服从多数，尽量多协商，哪怕有一个人有保留，也等待一番。实际上依惯例，所谓领导班子成员对一把手还是尊重的，除非你异想天开，做事完全离谱，你想做的事情往往是能做成的，你不赞成的事情，往往是可以至少搁置一段时间的。关键在于你要一心为工作，不要整天斗心眼合纵连横加太极拳暗器，这就是有些人做官痛苦压抑的原因。

同时我也体会到，各个单位，各个方面，已经运行了三四十年了，好也罢赖也罢，从思路、说法、制度到习惯程序已经形成一套，新来的人，哪怕是一把手，能做的仍然十分有限，不可轻举妄动。

张之洞上任前，一位长辈送他四句话：

启沃君心，恪守臣节，厉行新政，不悖旧章。

太深了！第一句是说对上要多宣传沟通新的思想观念资讯。第二句是守纪律。第三句是主心骨。第四句是尽量先立后破，不树敌，不搞得鸡飞狗跳。

我的特点之一是，注意自己应该做什么，更注意自己做不成什么，尤其是根本不可能改变什么。做官方知官小，掌权方知权微，上下左右一观，这个比你大，那个比你强，这个比你老到，那个比你硬气，这个比你有根底，那个比你有经纬，这个早有先例，那个早有成规，这个早有指示，那个早有条规，你应该明白在十几亿人口几千万党员几百几千名部级人士中，你太渺小了。

但王部长又喜欢文怀沙的一个说法，说到一个大家都敬爱的领导同志，说他没有架子，文老喝道：没有架子怎么行呢？

作为中国式智慧的一个典型标本，作家王蒙与学者李泽厚、神婆李陀……都是20世纪的“成精者”。

知识小清新们害死孩子了

读《胡惟庸党案考》 吴晗 著

《胡惟庸党案考》。著名史学家吴晗学术方面的扛鼎之作。

吴晗30出头的时候，顾颉刚已经称其为“先生”，并在《当代中国史学》中说明史研究他的贡献最大。晚年胶黏于政治（1949年访苏途中惊悉被任命为北京市副市长，拍电报给总理坚辞，周劝他顾全大局），却丝毫无遮其早年的学术英华。

现在很多热捧“素质教育”的人喜欢拿吴晗举例子，说他数学考了零蛋却被清华录取，这并非事实。吴晗1931年同时报考北大和清华，数学考了零分，北大不予录取。清华当时不考数学，遂顺利考入。拿这个以讹传讹的例子说事，知识小清新们害死孩子了。

吴晗在负笈清华时期，受到胡适、傅斯年、顾颉刚提携，才情烁烁，发表在《清华周刊》与《燕京学报》的《清明上河图与金瓶梅的故事演变》《晚明仕宦阶级的生活》《明成祖生母考》《明代靖难之役与国都北迁》《胡应麟年谱》以及对李满柱的研究，惊艳学界。他的“剥笋式考据”法，堪称20世纪明史研究开辟榛莽的拓荒者。细读这些文章，对后学是很有益的训练。

胡惟庸案始于云奇告变。一个太监在皇帝马前被打得奄奄一息，还要用折断的右臂怒指胡惟庸为贼臣，太祖幡然醒悟……这也太有画面感了。明太祖是个枭桀阴忮的浑君，刘基被毒死完全是他派胡惟庸去干的，最后成了胡的罪名；占城贡使与汪广洋妾从死不过是借此让人知道胡已经失宠了；李善长与封绩使元压根就是罗织出来的事件。胡惟庸本质上也不是啥好东西，与朱元璋这样一个自私酷苛的怪杰相处，下场好不了。明太祖深虑身后子孙懦弱，担心功臣宿将不受制驭，遂一一屠戮之。"通倭"竟然成为信谳，胡惟庸是做了明廷脱卸外交失败耻辱的替罪羊。

朱元璋出身寒贱，寄迹缁流，同时赋性猜嫌，生怕被知识分子讥刺。起事之初装孙子，礼贤下士；大局已定后即开始吹毛求疵，屡兴文字狱——吴晗1934年就看穿的权变把戏，二十几年后不记教训，天真烂漫地写什么《海瑞罢官》，让我们说什么好？

胡蓝二狱中杀的几万人几乎全是知识分子，其中不乏宋濂这样的以一代帝师匡翊文运者。赵瓯北《廿二史劄记》统计过，与朱元璋稍有瓜葛的文士无一善终。朱所谓的设学兴教，不过是用刻薄寡恩者，通过廪禄刑责造就一批听命唯谨的知识分子出来，做驯仆，代替老一辈士大夫。这既是朱元璋巩固君权的方法，也是胡惟庸案的本质。

吴晗治史是以《明史》为根本，以专题为起点，以札记为手段，以《四库总目》为索引。今天的百度、谷歌固然高效，但只是点式抓取，没有整体感观照，史实之间的联系与历史感不是只会用百度就可以获得的。

1969年10月11日早晨，我出生整整九个月后，吴晗在狱中去世，死因不明。骨灰也不知所踪。

二〇一八年八月二十六日

读《隐秘的火焰：布鲁姆斯伯里文化圈》

〔英〕贝尔 著

《隐秘的火焰：布鲁姆斯伯里文化圈》。昆汀·贝尔的头衔有一大堆：英国著名的艺术批评家、雕刻家、画家、作家，苏塞克斯大学历史与艺术理论教授等，在本书中，最有效的头衔是——布鲁姆斯伯里文化圈主要成员克莱夫·贝尔和瓦奈萨·贝尔的儿子、弗吉尼·伍尔夫的外甥。本书讲的就是二十世纪初期，伦敦的布鲁姆斯伯里那群艺术家的故事。

一个布鲁姆斯伯里圈子

我这一代是被战争文化熏陶大的，对战争的迷恋与崇拜迟至90年代才被打破。此后即笃信如果要导致大量人口更替，那我会把观念排序靠后，先确保不要死人。Bloomsbury支持了偶尔会导致自己不安的这一观点。

一战前夕，斯特雷奇、克莱夫·贝尔和邓肯·格兰特确实认为战争是可怕的，不必要的，根本是荒谬的。这是一场毫无意义、对任何人都没有好处的战争，什么荣誉、勇气和爱国的高调，比起一个小孩对另一个冒险冲过繁忙街道的小孩的嘲笑也深刻不了多少。

如果一个德国军官要强奸你的妹妹你该怎样做呢？斯特雷奇的著

名回答是“我会站到他们中间”，这种回答机智且傲慢。

到了1918年，英雄主义已经大打折扣。战前的时候，它还是个稀罕物，后来又变得人人触手可及。先是膨胀，然后贬值。某种怀疑不安代替了1914年的英雄主义炙热而荣耀的确信。战后的公众都想听一听布鲁姆斯伯里会讲些什么。

在山西在沈阳在南京，我都曾幻想过有这样一个布鲁姆斯伯里的圈子，这个圈子里的人们，有一种共同的气质——一种微妙的堕落，而这些人作为个体又是愉快的杰出的。事实是后来到了北京，这个圈子也不曾有过。

很孤独，喜欢的这类人肯定有，我却不知道他们在哪里。

二〇一八年九月一日　读《顾随年谱》

《顾随年谱》。用顾随生平、思想及著述等方面的资料反映顾随的生活道路、思想演变和创作历程。

闵军　著

官论双璧

很赞成年谱体著作以这样的凡例来写，即每年开始前，编入一些背景材料：与谱主有关的当岁大事（包括政治、文化、教育及学术）；与谱主的业务成就有关的人物生平与事件委曲等等（以楷体或仿体录排）。俟后择其要略，有传奇处则着浓墨重彩，性情淋漓也可以不克制理性，当然不能专撰于"传"而遗珠于"评"，须陈说谱主的观点。

顾随厌恶当官者，他说的一段话，可谓尖酸刻薄之至，令人大笑不止，读了一遍便背诵下来了：

"月来常见政界中人，觉彼等都阴森有鬼气。其背人私语——即北京话所谓咬耳朵——又大类女郎也。其笑靥迎人，暗里藏刀，又极似娼妓。乍见之颇毛戴，见惯亦平常。'见怪不怪，其怪自败'，其信然耶？"

另有王芸生曾在一篇文章中写："傅孟真先生对我说，他想写篇'中国官僚论'。他说，中国向来臣妾并论，官僚的作风就是姨太太的作风。官僚的人生观：对其主人，揣摩逢迎，谄媚希宠；对于同侪，排挤倾轧，争风吃醋；对于属下，作威作福，无所不用其极。”对于傅氏高论，王芸生深有同感，因此才把它写入文章。王说：“这道理讲得痛快淋漓。这段官僚论，的确支配了中国历史上大部分的人事关系。”

真乃“官论双璧”！

顾随一生，翩若惊鸿，孤默自恃，将一堆学生培养成了大师泰斗。“五四”运动时，他在北大风华正茂。1959年他回忆道：“……海样英雄气概，画中祖国江山……”我们这代人也曾有过顾随那样的“当年”，有过炫酷青春的惨烈与壮美，因此多年过后，不少人成就了一身不畏迂阔之讥、八风坚卓不动的本事。

历史经验表明，没有胸怀天下的凛然，难逃经营私小之机陧。

二〇一八年九月十六日

读《杨宪益自传》

杨宪益 著 薛鸿时 译

《杨宪益自传》。杨宪益（1915年—2009年），著名翻译家、外国文学研究专家、文化史学者、诗人。杨宪益先生出生于天津日租界花园街八号绿树掩映的大公馆内，其父杨毓璋当过天津中国银行行长。杨宪益从小就穿着袁世凯赠送的、象征王公身份的清廷黄马褂。父亲去世以后，只有七八岁的他就须穿戴整齐，以父亲的名义出席董事会。一九三四年杨宪益到英国牛津大学莫顿学院研究古希腊罗马文学，认识了后来与他相依相伴数十年的妻子，英国传教士的女儿戴乃迭。杨宪益先生归国后与夫人戴乃迭合作翻译全本《红楼梦》、全本《儒林外史》等多部中国历史名著，被誉为『翻译了整个中国的人』。

杨宪益与曾昭燏

书乃杨先生以英文写成，又由他人翻译而来。杨生于阔绰之家，玩玩啵啵就上了牛津。至于后来的跌宕和灾祸，是赶上那些时代了，任凭谁也躲不了。他文字的懒与自嘲是经历的缘故。

杨学外语的“一条小小的经验”是初学需要有明确的目的和强烈的兴趣。他自己小时候学英语就是利用它作工具，满足求知欲，尽量读自己感觉有强烈兴趣的英文书，不限一格，多读多写多听多说，就有效果了。

杨先生1951年交给南京博物院一只箱子，同时还有一把钥匙和一封信。博物院打开箱子一看，是满满一箱龟甲骨片，信是杨先生写的，信中说：“这批甲骨是前几天加拿大大使馆代办交给我的，他说他要离开南京了，让我来处理。现在送给贵院，请妥善收好。”南京博物院的研究人员清点了一下，与明义士所著《殷墟卜辞》一书相对照，恰好相符，共计2390片，证明确是明义士所著《殷墟卜辞》的实物。其中最大字骨长28厘米，最小的和人的手指头一般大，正是明义士收藏甲骨的第一部分。

博物院女院长曾昭燏简直要乐傻了，她知道这东西的价值。曾昭燏1929年考入南京大学国学系，拜著名金石学、文史学家胡小石为师。1935年，自费去英国伦敦求学，学习考古专业。1937年，在伦敦完成毕业论文《中国古代铜器铭文与花纹》，后写出《论周至汉之首饰制度》。她诗词文赋俱工，有“当代李清照”的美誉。曾终身未婚，“文化大革命”中从南京灵谷寺一跳身亡。

2000年，刘雪枫兄赴南大看我，找到谭延闿墓，无语。又同游灵谷寺。登塔后我俩勘察了一下现场，最后得出结论：需要助跑。

她的死，惊动了远在广州中山大学的陈寅恪。陈即写下《乙巳元夕前二日，始闻南京博物院院长曾昭燏君逝世于灵谷寺追挽一律》，诗云：

论交三世旧通家，初见长安岁月赊。

何待济民知道韫，未闻徐女配秦嘉。

高才短命人谁惜，白壁青蝇事可嗟。

灵谷烦宽应视哭，天阴雨湿隔天涯。

在当时，敢公然诗吊曾昭燏先生的，唯陈寅恪一人而已。

从杨宪益、曾昭燏到陈寅恪，无论宽赠、托付还是酬唱，隔空传递的其实是一种价值酵素，不知自何时起，它已如青烟一缕，杳渺飘逝，空留余香了。

二〇一八年九月三十日 | 读《左传》 | 〔春秋〕左丘明 著

《左传》。中华史学的精华，认识历史，当从此着手。

为人处事都颇有《左传》之风

大学时期，讲授《古代汉语》的陈老师望之俨然，即之也不温，他教《左传》的办法可谓简单粗暴——从《郑伯克段于鄢》到《伍员谏许越平》，给老子统统背个滚瓜烂熟，考试就是背诵原文！

他眉头紧蹙，手里拿着板子，背错了就打，打我们这些改革开放以后考上本科的大学中文系学生！

感谢老陈。

多年以后，《左传》原文旧句已忘得一干二净，《左传》之美却早已沦肌浃髓，导致我们这批学生中的有心人，为人处事都颇有《左传》之风，走起路来从背后看都是虎背熊腰。

在我看来，吕祖谦《东莱博议》认为《郑伯克段于鄢》中过错在郑庄公，道理比较迂腐，但春秋之美就在于迂腐呆拙。钓者负鱼，鱼何负于钓？庄公负叔段，叔段何负于庄公？庄公是个马基雅维利好手，自封段始，便蓄意诱使其弟造反，养成其恶而加诛。失教罪小，养恶罪大，这不是春秋风度。后人佩服他而鄙视宋襄公的妇人之仁，是因为后人已成猪猡。

说到宋襄公，《子鱼论战》中讥诮襄公的“四不”自辨（不重伤、不禽二毛、不以阻隘、不鼓不成列），子鱼认为军礼精义在于“明耻教战，求杀敌也”，果毅就是要杀人，不以杀人为目的的战争就是脑子里进了地沟油。在猪猡精看来，襄公应该改名叫笨伯。

周郑交质的教训，深意在一个“信”字。僖公22年晋文公说：“信，国之宝也，民之所庇也”，可见那个时期的中国人绝对不会去做“三鹿奶粉”，想都不会去想。要是“信不由中”，缺乏内心制约，不管交换多少人质，缔结多少盟约，都是扯淡。

《臧僖伯谏观鱼》，我理解不是简单的正名、正礼规，鲁隐公这样的公众人物，只能出现在祭祀和兵戎场合，春蒐、夏苗、秋狝、冬狩，举止不可轻佻失范。这就是权力让渡……今天这个岁数想及此，还是忘峰息心吧，世俗的欢乐才更值得啊。

晋灵公不君，钽麑清晨潜入赵府杀赵盾，见他端坐中堂，“不忘恭敬”，羞愧之下撞庭中槐树而死。提弥明搏杀灵公所使噬咬赵盾的猛犬，最后殉死……春秋的“死士”，实乃有致有节的古风。

——赵盾的感慨也有意思：弃人用犬，虽猛何为？

祁奚请免叔向，祁说服范宣子赦免叔向之后，不见叔向径直回家；叔向也未向祁奚感谢而径自上朝去了。施恩者也好，受恩者也好，两两相忘。

李陵在《答苏武书》中说：人之相知，贵相知心。至礼若至痛，不要讲出来。那些总把感谢挂在嘴边的人，交往起来好烦。

二〇一八年十月七日
读《中国历史的脉动》
〔日〕沟口雄三 著 乔志航 龚颖 译

《中国历史的脉动》。日本著名汉学家、中国思想史学家沟口雄三写的明末清初的历史变动。

李卓吾思想诞生过早

沟口雄三一生的学术活动，有一个根本性的问题意识：中国为什么选择了“社会主义”制度？

另一个重要的思考就是“乡治”对于中国的意义。

基于上述命题，他认为近代中国革命发生的渊源要上溯至阳明学，李卓吾是高峰，但李卓吾思想诞生过早，不得不遭受挫折。

东林党人的缘起与命运，对当下有很深的启示。陈龙正救贫儿的故事（收弃儿法）说明知识分子的幼稚是改不了的。东林党希望通过重构以乡绅为主导的“中坚地主”

制解决共同体问题，与张居正的“官僚机构（公权力）施政、神宗赤裸裸的皇帝私权力”互相构成危机。

这就埋下了从“乡治”到晚清“省治”（各省独立）的思想种子。然而“联邦共和国”模式未能实现，乡治社会与地方分权最终被碾碎，牺牲个体、强大国体的历史惯性重获机遇。

那种“官”“绅”“民”协同的道德性自发共同体的中国式自治（乡治）空间，在后来的历史进程中彻底被消灭了。

今天大量的社会问题尤其是农村问题，可以从这里找根据。

《我所知道的伪华北政权》。伪华北政权是日本帝国主义对中国采取『以华制华、分而治之』政策的产物。

在历史的巨流河中选对路径

八年抗日战争期间，华北政权变更了三次首脑，分别是1937年、1940年和1943年。这几个节点上，王克敏、王揖唐、齐燮元、靳云鹏、吴佩孚、曹汝霖……各自的态度特别是情绪皆大可玩味。政协这个文史委员会几十年来致力于打捞历史细节，难得，难得！这本书通过“汉奸”身边的人，了解当时的情势与细节，可读性很强。

1937年遴选头脑时，日本特务机关长喜多诚一有个选拔标准：要在北洋政府任过总统或总理，同时没在国民党政权任过职。于是初选出靳云鹏、吴佩孚、曹汝霖三人。靳以“礼佛有年，无心问世”的话辞谢，吴佩孚表态“如果要我出山，日本则必须退兵，由我来恢复法统”，曹汝霖委婉以“愿以在野之身，赞助新政权的成立”与日本人周旋。三个人都是聪明人，能看清大势，而且有议价的本钱，才能在历史的巨流河中选对路径。

其实华北伪政权也没我们想得那么简单，八年抗战期间，他们都与国民政府暗通款曲，留好后路了。因此战后其实都没怎么被重判。

在日本人劝诱下，韩复榘曾两次策划山东独立，却遭到他的部下孙桐萱师长的极力反对。你道如何？后来的史料显示——是因为孙桐萱接受了蒋介石用于监视韩复榘与日本勾结的费用五万元，而这五万元是蒋介石个人掏的钱。

想当老大？你做好孤独寒冷慷慨牺牲当箭垛的准备了吗？如果没有，千万不要贪慕那个位置，否则坐在上面就好比一只烤全羊。

二〇一八年十月二十一日

读《增补本李秀成自述原稿注》

罗尔纲 著

《增补本李秀成自述原稿注》。著名历史学家，太平天国史研究专家罗尔纲写的关于太平天国运动的著作。文中提到的罗大纲是太平天国诸将中没参加『拜上帝教』的将领。

罗大纲的际遇

“才高于志”和“怀才不遇”比较，后者乃是人生的常态。

所谓“际遇”，多萌生于事业蠢动期，有英主嘤求其声，啸聚力量，一图宏变。故甲午战前，孙文曾北游拜谒李鸿章，吃了闭门羹后才下决心革命。关键是李鸿章宦海沉浮数十年，早已勘破昏暮时局，此中兴之股肱竟也自称“裱糊匠”，遑论宏图。孙文无奈只得另辟道路，去赐予别人际遇了。足见“际遇”不仅难遇而且难求。

“际遇”是几千年来知识分子的甜蜜痴情，痴到魔怔时，不惜忍垢含辱将自己绘拟成女子：“画眉深浅入时无？”有史以来，“才高于志”者寥寥，或为避祸于乱世的遁词，或为无际无遇的怨怼。

罗大纲是个什么人？罗尔纲在《清史稿记罗大纲论建都天京事考谬》中，认为罗大纲出身草莽，乏善可陈。而潘旭澜先生则把他描画成一个具有卓见的智瞩机先的战略家，引张德坚《贼情汇纂》卷二曰：“罗大纲剽悍机警，贼中号为能者。”卷四谈论太平军将帅能力时，又将罗大纲与杨秀清、冯云山并列，说他们“于行阵机宜，山川形势，颇能谙习”。陈徽言的《武昌纪事》说，罗大纲能战，远在韦昌辉、秦日纲之上。谢介鹤在《金陵癸甲摭谈》里说，罗大纲“极亡命，最猖獗，凡战穷蹙时，皆以大纲往”，但他死时的官职只是冬官正丞相。而秦日纲于1854年由顶天侯升为燕王，胡以晃也在同年由护天侯晋为豫王。《贼情汇纂》说，他“因非粤汐老贼，功在秦日纲上而不封侯王，心甚快快”。他被贬抑得太过分了，以至于他死了近十年后的1864年，曾国藩在审问李秀成时，还迷惑不解地问罗大纲：“何以未追王爵？”李秀成答说：“其事甚乱，无可说处。”李秀成的意思是“没法说。”实际上因为罗不是广西起家的，是天地会中途来入伙的，只能被利用。

是不是自己人，才是中国官员使用下属的关键意念。服膺自己意志的，没有功劳也有苦劳，没有苦劳也有疲劳，总归要照顾到。洪秀全后来封了2700个王——不是封，是标价出售，敛钱是一方面，更重要的原因是“市恩”，发展“自己人”。罗大纲这样的悍将，可劳之，可驱之，可耗之，可厌之，永不可亲之。北伐前他的判断是“欲图北必先定豫，车驾驻汴，军乃渡河。否则，先定南（方）九省，无后顾忧。然后三路出师……会猎燕都。若悬军深入，犯险无后援，臣不敢奉诏。”

后来事实证明他真的是深谋远虑。

但是越优秀，升迁就越无望，因为“非我族类，其心必异”。

《中国现代学术经典：严复卷》。严复是中国第一个翻译赫胥黎的《天演论》的人。本书除《天演论》外，还收入他翻译的斯宾塞的《群学肄言》及穆勒的《群己权界论》，及论文十三篇。

四十不官拥皋比

史称严复急于用世却不谙韬晦，好逞口舌之快，时有激烈言词，为世人所侧目。

此人思维超前且喜议论，使得了解他的李鸿章“患其激烈，不之近也”。曾纪泽（曾国藩次子，中国近代史上第二位驻外公使，与郭嵩焘并称“郭曾”）也评他处世有“狂傲矜张之气”，加上私德不谨，意志消沉吸食鸦片，所以悲叹“四十不官拥皋比，男儿怀抱谁人知？”

回想史事，观照现实，身边也不乏这类人。归纳一下，浅水曾闻大海涵量？蝼蛄焉知四季惊变？万言万当，不如默言，不逞舌没人把你当哑巴，一张口无人不知你虚怯。天地有大美而不言，意思是“大美人都不说话”。

孙文跑伦敦去，和他曾经有一段著名的对话。孙在当时认为，中国之进步，唯有全民革命一途，他希望能够与一切精英分子合作，同其志。严复在伦敦逗留时，孙文正在北美，他风尘仆仆地赶到伦敦，劝说严复支持革命。但严复表示："中国民品之劣，民性之卑，即有改革，害之除于甲者，将见于乙，泯于丙者，将发于丁，为今之计，唯急从教育上着手，庶几逐渐更新乎！"（后来果然执掌北大，足见坚持理想，终有实现之日以抒胸臆）。

孙因此回答了那句有名的话："俟河之清，人寿几何？君为思想家，鄙人乃执行家也。"（人能活几年啊，去等着黄河水慢慢变得清澈？！）

1921年，严复死了，遗嘱除对财产作分配外，并以三事谆嘱家人："一、中国必不灭，旧法可损益，而必不可叛。二、新知无尽，真理无穷，人生一世，宜励业益知。三、两害相权，己轻群重。"

好一个己轻群重。

为什么两害咸至时，各单位的老大总感觉自己的员工像一群行为需要矫治的问题儿童？

《中国疆域的变迁》。葛剑雄教授讲述的历史上中国疆域的变迁过程。

保存的本能

领悟如下:

“保存”的本能，是诸多行为的根据。历史上中央帝国控制边远地区曾经有策略称“羁縻政区”，即一方面“羁”(强力)；一方面“縻”(利益)。“羁縻”双方目的都是为了保存。盘庚迁殷之前，国家、政权和人口频繁迁徙，主要原因是公元前400年左右，黄河下游的河道两旁才开始筑堤。在此之前，黄河的泛滥和改道是很随意的。依照当时的技术条件，固守一处抵挡洪水，无可能也无必要。为了保存，便把迁都当家常便饭。不过每次泛滥改道后留下的淤积区又是很适宜的耕种区，所以，迁都也不会离黄河及其支流太远。

明末清初，郑芝龙、郑成功、郑经、郑克塽以台湾为基础力图复明，康熙元年（1662年），清朝实行“迁界”（迁海）：从辽东到广东，沿海居民一律内迁30里，有些省份径直迁50里，在东部沿海形成一条长达万里的无人地带，近海岛屿也放弃，任其荒芜，目的就是为了困死台湾的敌对政权，保存安定。当然，尽人事也得听天命，存续不了，也要识时务——施琅后来的历史地位那么高，与中华民族统一的历史保存冲动有关，否则他一会儿叛清，一会儿叛郑，必是蒙羞万代，难以进入历史正册。历史激变期的殉难者，受儒学“义利之辩”观念浸染过甚，是故，朱熹、王阳明影响了宋明两朝末年士人惨烈的抵抗运动。

人之自私格局，常常流于内卷而不自知。

二〇一八年十一月十一日

读《脱亚论》

〔日〕福泽谕吉 著

《脱亚论》。日本人福泽谕吉于一八八五年三月十六日（明治十八年）在日本报章《时事新报》发表的著名短文。作者主张『日本应该放弃中国思想和儒教的精神，而吸收学习西方文明』。

如何诞生中国的福泽谕吉？

19世纪末，福泽谕吉写出《脱亚论》。我在这本书里读出了一个国家青春期的忍韧、承担、机心和梦想。

福泽谕吉将以中国为首的亚洲国家比作愚蠢丑陋的邻居："犹比邻同居于一个村镇，此村镇居民一概愚昧无法，残忍无情，则同住者纵有正当人事，也因邻人之丑恶，淹没无闻。此乃间接影响我国之国际事务，以致外交事故层出不穷，实我日本国之大不幸也！就像与恶邻同居，尽管为人正派，做事稳当，依然同受恶名。"为此"与其犹豫不决，待邻国开明以共兴亚洲，不如脱离其伍，与西洋文明国家共进退。于两国之态度，不必因邻国之故而予以特别理喻，且以西洋之道，待之可也。亲恶友者共其恶名，务必矢志谢绝亚细亚之东方恶友”。竹内好赞叹说此文“具有凛然的鸣响”。

之后很多时候，会心情复杂地想起福泽谕吉这段话。

日本的近代化以及吞噬中国的野心，都萌芽于这篇小文。日本最大面值的钞票是万元大钞，上面印的头像就是穿和服的福泽谕吉（1834—1901年），庆应大学也是他初创。

抛开福泽谕吉的种族国家优越论之丑恶不说，我其实感慨的是历史上有些蓬勃进取的时期，青年的梦想就是国家的梦想；青年的雄才大略就是国家的雄才大略。比如80年代的大学校园，我们也亲历过如此的意兴。而现在这一代为拜物教所迷醉的青年中，如何诞生中国的福泽谕吉？

《白崇禧将军身影集》。白崇禧之子、著名作家白先勇为父亲编著的书。

白崇禧暗呼“完蛋了！”

白崇禧真乃民国罕有的军政战略家。

桂军于北伐建奇功后，介公采信政学系谋士杨永泰“削藩”建议，开始编遣。白建言自古“裁兵不难裁将难”，处置不当，即起祸乱，应将军队调往边疆戍边，他自己愿往新疆屯兵。未果，中原大战遂起，之后七年，他在广西“三自”“三寓”，建成“三民主义模范省”。

抗战初“积小胜为大胜，以空间换时间，游击战辅助正规战”的国家最高战略方针就是他提出来的。战后，白建议收编游杂部队，以免这些卖过命的士兵没有着落，未被采用，这些部队旋即全部倒向共产党军队（尤其东北30万兵力。建议不要急于裁军，因为内战已启，裁军动摇军心，北伐遣军不当即引发中原大战）；四平街会战后，建议杜聿明、孙立人新一军追灭林彪，将林逼出国境，时斯大林已决定支持蒋。林彪已准备撤守哈尔滨，进至双城附近被蒋介石叫停（马歇尔调解），47万精锐一年多后覆灭；多米诺骨牌倒塌开始后的“徐蚌会战”时，白建议历来兵家“守江必先守淮”，应设统一的“华中剿总”于江淮山岳地带的蚌埠，统一指挥，五省联防。逢李宗仁受美国人蛊惑参选副总统，蒋公又犯小心眼，把华中战区一分为二，白被调遣到武汉，无甚战功的刘峙去坐镇易攻难守的徐州，白崇禧暗呼“完蛋了！”

白一生“不避斧钺”，身心醇正，蒋在退台后方有悔悟。然白早已了然，深谙“勇略震主者身危，功盖天下者不赏”之古训。他曾感慨：“总统是重用我的，可惜我有些话他没听。”

——这就叫胸襟宽广。

夫人马佩璋葬礼后，儿子返美，送行时步步相依，竟送至舷梯下，这位统帅过百万雄师，出生入死、秉性刚毅、喜怒不形于色的巨将，却因暮年丧偶、儿子远行，于寒风中老泪纵横。生离死别，一时尝尽……

2008年12月20日，我也曾亲历类似一场告别，人生忧患，自此肇端。

二〇一八年十一月二十五日

读《中国历史地理十五讲》

韩茂莉 著

《中国历史地理十五讲》。北京大学城市与环境学院教授韩茂莉的著作，是了解中国历史地理很好的入门书。

后来才知道这两门学科还交配过

从陈寅老到张相文（晚清民国时期革新中国地理学的先驱，教育家）、顾颉刚（历史学家、民俗学家）、谭其骧（历史地理学家）、周振鹤（历史学家，复旦大学中国历史地理研究所教授），我国历史地理研究已堪称果实累累。

这是一门我一直钟情属意的学科，当年高考我的历史和地理均得高分，后来才知道这两门学科还交配过。

好吧，简要说说这些有趣的问题：

1. “中国”一词虽语出何尊铭文，并在《诗经》《新唐书》《辽史》《金史》中被反复提及，真正作为主权意义开始使用却是1689年9月7日的《尼布楚条约》，象征着梁任公意义上的“朝名”私产开始向公权概念转换。

2. 总说清政府丢失了140万平方公里疆土，事实上清王朝之前，中国对400毫米等降水量线以西以北的地区从来就没有过持续稳定的获取与管理，是清朝康雍乾三世军事行动突破了这个农牧交错带，直到光绪设新疆巡抚，才有了这只“大盘鸡”。在西藏博物馆能看到将近1000年的暧昧历史表述，直到1727年派出管理后藏事务的驻藏大臣。台湾入版图是1683年。因此，讲晚清的边疆问题，要有公允心。

3. 有域无疆时代的帝王，是傻吗？不是。一是没有签订边界条约的必要，外兴安岭、喀尔喀蒙古以北、巴尔喀什湖以西除阿姆/锡尔两河流域外全是亚寒带荒漠地区，与欧洲的地理环境需要签约的情况完全不同；二是也不知道和谁签。直到俄国东扩才有了签约对象。

4. 自古以来黄河“善淤、善决、善徙”的特征，真正被遏制的确是近100年的事。据黄河水利委员会的数字，3000年来，黄河下游决口泛滥1500次，不说夏商时期频繁迁都，你看从山东丘陵、太行山东麓到山西、河南的大部分地区都有史前文化遗迹，唯独今天繁茂熙攘的河北平原腹心地带一片空白，既无文明遗址，也无城邑聚落的可信记载，哈哈，为什么？黄河年年奔流成泽，方向不定，喜怒无常啊！直到明朝，“伤田庐、坏城郭、妨运道、惊灵寝（盱眙/凤阳）”，还要排列顺序表。

5. “逐水草而居”的游牧方式《后汉书·乌桓传》中早已记载，还用陈志武（华人著名经济学家）他们量化历史得出结论吗？

6. 汉武帝采纳主父偃的主意实行“推恩令”“不行黜陟，而藩国自析”，是秦政之后的专制智慧新高度，直到后世一直被借鉴。

7. 行政区划上的“随山川形便”与“犬牙交错”原则，是有极深之机心在其中的。长江黄河为啥在江苏河南是内江内河？愤愤不平于苏南苏北差距的江苏人，懂不懂南直隶“犬牙交错”的深刻考虑啊？因为没有非常之难时，就无须国家操心了，省内自己调控即可。

8. 六出祁山、安史之乱、土木堡之变……无数历史鼎革点，都是被地理学渣给断送了生机活路！

世间有几人不贪生？！

据《建康实录》，梁大同十年（544年）三月，“辛丑，帝哭于修陵”。

——此时梁武帝萧衍年已八十，看到自己日后安葬之所，悲从中来，号啕大哭。

就是此人，一生战场勇毅却猜忌抠门，四次从皇帝位上出家同泰寺（鸡鸣寺），又由大臣们出钱赎回来继续当皇帝。如此执着精研佛理之人何以悲生死？！唉，世间又有几人不贪生？

他的七子萧绎，甚嗜读书。藏书十四万卷，于江陵城破时被他一把火亲手烧毁。那一刻他心里在想什么？但这无疑是中国文化史上又一次浩劫！

另：元帝均葬于“起辇谷”，然它在何处，谁也不知道。因此你们去内蒙古看到的成吉思汗陵是假陵。

《历代帝王陵墓》。航空公司安监部总经理孟斌写的研究中国历代帝王陵墓的书。

二〇一八年十二月十日

读《在华五十年》

〔美〕司徒雷登 著

《在华五十年》。司徒雷登的回忆录。

旁观者司徒雷登

任何事情的达成，都是一个艰难的求取共识的过程。参与意见的人，难免暗结珠胎，利分两侧，冥顽不化，意气激烈。最终出来收拾局面的人，一要有公心，二要有韬晦。不到最后时刻，不要轻言放弃。以前是做锥子扎主人，身为人主后，就须能忍受锥子的扎，这叫气度。倘如力已竭，却事未功，那必是“业”果，天意勿逆。

1918年末，司徒雷登离开南京神学院，去北京筹立燕京大学。基础是把北京汇文大学（英文名字是北京大学，Peking University，属于卫理公会）和北京附近通州的华北协和大学（North China Union College，属于长老会和公理会）两个小教会学校联合起来。但是关于联合之后学校叫什么名字的问题分歧严重。汇文毕业生的代表说无论用什么英文名字，但是关于如果中文不继续叫“汇文”，那么他们就拒绝把它当作是自己的母校。华北协和大学愿意用任何其他名称，只是不能用“汇文”，如果决定了用“汇文”，他们就要在通州的校园里把他们的毕业证书堆起来，放火烧掉，去象征他们母校的毁灭。两边的态度都表示反对合并，根源是“面子”。吵架、妥协了无数次后，司徒雷登说，除非在某次会议上把问题解决掉，否则他已经精疲力竭，不干了，走人。程静逸博士提出了“燕京”的字样——这个词的意思是古代燕国的首都，不过所有的中国人都会理解它就是诗意的北京。不久，这件事办成了。九十年代末中国大学的合并浪潮中，有些热门结果冷却，原因很多，包括缺乏一个司徒雷登。

一个组织体在勃兴的时期，会给组织体内或组织体周边的人们以“解放”的幸福感，大家会对“自由”的许诺坚信不疑。对于任何组织体而言（包括小企业小作坊），这叫历史机遇，失不复得。

1948年自传主人作为一个旁观者的感受是

有趣的。他个人对两个党都有感情。在国民党内有不少是他衷心佩服的人，知道他们正直、有公德心、受过训练、富有智慧。但是这个党几乎从掌权以来就容忍它的各级官员贪婪、贪污、腐败、无所事事、无能、裙带成风、派系斗争，于是政府持续地丧失了公众的支持，甚至公众的尊敬。在共产党的军队向长江以南胜利进军的时候，国民党颓势立现。在政治争吵、逃跑、叛变、无秩序的退却之中，那些浮夸自大的防御计划破灭了。相对的奇迹是共产党没有个人的贪污腐化，官和兵在一起，生活俭朴、勤奋，纪律严明，训练有素。他们借东西很多，但是都物归原主，或者给予赔偿。共产党给人的印象是培养了积贫积弱的中国十分需要的生气蓬勃、动力充沛的千百万理想主义者，将主义放在不考虑任何个人的和家族的利益、无私地服务于无权势的百姓的热情青年身上。老百姓是这样想的：只要有变革，他们就欢迎。但司徒知道这场变革会带来另外一种不可避免的后果，同时感到不寒而栗。

看到很多人到井冈山穿上崭新的红军服装做模拟游戏活动，衣服是真鲜艳，斗笠和扁担也比当年结实，人却早已不是当年司徒雷登看见的人了。穿新衣未必就意味着过新年，“山寨版”最大的问题是缺乏一种叫“相信”的魂。

另外，司徒雷登与傅泾波（1946年7月司徒雷登被任命为美国驻华大使，傅泾波以大使私人顾问的名义，在大使馆协助司徒雷登工作）的友谊很好玩，值得研究。

负大责任，方得大快活

张的一生，是何等大中至正、何其抱负阔展的豪迈岁月！但是也会有徐致祥大参案、汤化龙以怨报德诬讦其“残害鄂民”这类冤屈，这些冤屈竟在他登阁入相时把他活活气死了。可恨是英雄不共山川住！再说，比起背了大黑锅的李少荃（李鸿章）之冤，他这点冤，其实不算什么。

负大责任，必经大的险滩恶浪，同时方得大快活。

中国后来很多问题，与百年前办洋务时张之洞/盛宣怀的歧见别无二致。如果说当年的问题是幼芽初萌，后来则属于机会窗口错失。

二〇一八年十二月十五日

读《政教存续与文教转型：近代学术史上的张之洞学人圈》

陆胤 著

《政教存续与文教转型：近代学术史上的张之洞学人圈》。北京大学高等人文研究院文学博士陆胤写的张之洞的『好友圈』。

二〇一八年十二月二十四日 读《看澜集》
葛兆光 著
《看澜集》。葛兆光先生所著。本书多为先生札记随笔讲演之类，收录有《胡仔考》《唐集琐记》《道教与唐诗》《从中国文化史的角度研究禅宗》《宋代文学导论》《过去的故事》《书林穿行断简》《开学琐记》等文章。

大明衣冠与靡荡

深感古典文献的爬梳功夫对于论理观史之重要。

作者开篇收了自己刚上大学时写的读书札记，隐有得意，如小文《孔子与避世隐遁之风习》，就娓娓破除了关于儒道的入世/出世二元论。查了一下，果然《论语·宪问》讲："贤者辟（避）世，其次辟地，其次辟色，其次辟言。"子曰："作者七人（即伯夷、叔齐、虞仲、夷逸、朱张、柳下惠、少连）矣。"意思是"贤人逃避动荡的社会而隐居，次一等的逃避到另外一个地方去，再次一点的逃避别人难看的脸色，再次一点的回避别人难听的话……这样做的已经有七个人了。"而盛赞曾皙的理想就更明显了，《论语·微子》"不降其志，不辱其身"看来不是孔子的绝对主张。

所以不要随便给人贴标签，标题党是年轻人的幼稚病，攻其一点，不及其余，起码有违恕道。

有趣的是考察《觉后禅》（一名《肉蒲团》，原版署名为“明/情隐先生著”，据考作者实为李渔）的时代“靡荡”习俗（开篇词即“世间真乐地，算来算去，还数房中”）。推论此类读物的兴起，是在嘉靖之后，且需要一个小氛围，比如张献翼（嘉靖中入赀为国子监生。晚年颓然自放，多有诡异之举）“抗愤而不顾，遂放浪自弃，与世阔疏”的任诞之气。若放在明初或清初，有几个脑袋够砍的？

《大明衣冠何处》是最好的一篇，因为角度巧妙。

乾隆三十年（1765），35岁的洪大容（朝鲜李朝的哲学家、自然科学家）随朝鲜使节团出使清帝国，到达北京以后，引起围观，因为朝鲜还在东边坚持沿用明朝官服，“华人见东方衣冠，无不含泪，其情甚戚，相对惨怜”。毕竟已是乾隆时代，遗民作为历史的象征，刺激的意味已经不再强烈，人们已渐渐习惯了新朝服装。这时候不是遗民，仍然是异域使者的衣冠，偶尔成了唤回历史记忆的资源。在一次闲聊中，洪大容给两个汉族读书人说到这样一件事情：“十年前，关东一知县，遇东使，引入内堂，借着帽带，与其妻相对而泣，东国至今传而悲之。”这故事使得年长的严诚（清代画家，乾隆三十年（1765年）举人）“垂首默然”，而稍稍年轻一些的潘庭筠（清代画家，乾隆四十三年（1778年）进士。官至陕西道御史）则跌足叹息，说“好个知县”。（洪大容《湛轩燕记·干净笔谈》）

读罢掩卷，很怀疑这样的民族性格基因极可能湮没失传了，仅剩下有钱就是爹、有奶就是娘的文化，一切以“靡荡”为信条，忘了时间其实如沙漏，早已漏尽了情义。

二〇一八年十二月二十五日
读《河本大作与山西日军『残留』》
中央档案馆 编

《河本大作与山西日军『残留』》。严格地说，这是一部日本帝国主义在中国犯罪的档案资料集。事件绝大部分是发生在1931——1945年，并按专题分卷，其中有『九·一八』事变，华北事变，伪满和汪伪政权，东北历次大惨案，伪满警宪法西斯统治，华北大『扫荡』，日军在各地暴行，细菌战，经济掠夺等方面史实。

“深喉”河本大作的供词

河本在供词中交代，皇姑屯炸死张作霖，旨在避免关东军与奉军发生冲突——当时奉军30万军队中已经有5万先头退却回沈阳了，于是集结完毕的3万关东军和朝鲜军在锦州拦截并解决奉军武装的计划便难以实施了。1000公里的铁路线两边已经生活了多年的20多万日本侨民面临危险，部队憋在锦州腹背受敌，一触即发，于是，只有出险招，炸死老张，打乱其军队指挥系统，才能避免交火（为了保证爆炸成功，还使用了脱轨器）。

河本大作在中国的情报工作可谓缜密，他琢磨东宁地区的苏联飞机在零下30度时还能起飞的原因，是飞机自身具有电导保温装置，并非机库有暖气；他们从海拉尔出发考察兴安岭地形，认为坦克群不可能翻越兴安岭，因为当地一般以牛马粪做燃料，军事行动中必须使用扎赉诺尔的煤，这种煤含碳质水分较高，机车用不了，所以坦克过不来。他还根据三河的奶油和奶酪增多，判断出移民大量增加的新情况，要求东京对该地区增加警戒。

根据河本的回忆，溥仪去长春赴任，是溥仪本人苦觅日本扶持的“成果”，哪里是被“劫持”去的？末代皇帝甚至表示可以卖掉珍宝后给日本人提供一大笔“机密费”，可笑的是，这笔钱被河本大作拒绝了，河本觉得很麻烦。后来在山西，河本参与的所谓“对伯工作”（针对阎锡山的攻心）其实比较轻松，阎从日本人手里得到不少武器援助（抗战期间）。日降后，阎竟然不让投降日军复员回国，强迫他们参加晋绥军。史料显示，不少日本人1945年以后留下来互相厮杀。

可见历史的不靠谱。后来著史者的“体系化”“意识形态化”冲动，比起斑斓诡谲之历史现场，焚琴煮鹤似的。

二〇一八年十二月二十八日

读《1453：君士坦丁堡的陷落》

〔英〕斯蒂文·朗西曼 著

《1453：君士坦丁堡的陷落》。斯蒂文·朗西曼爵士为读者讲述拜占庭、中世纪教会及十字军的故事。

历史是现实的阴鸷诅咒

学问理当是朗西曼爵士这类少数天才玩出来的。每当看到研究所和高校里面“笨伯”们谋饭碗的那些苦文，就暗自替他们难过。

作为贵族后裔，朗爵士三岁精通法语，六岁精通拉丁语，七岁精通希腊语，十一岁精通俄语，至于波斯语、格鲁吉亚古语等偏僻方言，他能讲十余种。在伊顿公学与著名小说家乔治·奥威尔同班；在剑桥三一学院又和凯恩斯（经济学家。因开创了经济学的“凯恩斯革命”而称著于世，被后人称为“宏观经济学之父”）、伍尔夫（意识流文学代表人物，被誉为二十世纪现代主义与女性主义的先锋）同班。导师伯里（研究拜占庭的专家和语言学家）本已退隐，不想再收学生，故意刁难他，摔给他厚厚一摞保加利亚语文献，岂料朗西曼游刃有余，洋洋洒洒，令伯里大为震惊，从此成了他最得意的弟子。

30多岁时，他突然继承了祖父的巨额

遗产，于是辞去公职，开始全球自由游学玩耍。在伊斯坦布尔大学玩了三年，干出一部《十字军史》，成为拜占庭艺术和历史权威；跑到中国新京和溥仪玩钢琴四手联弹；溜达到埃及给国王讲解塔罗牌；在拉斯维加斯的老虎机上两次中了巨彩；在伊斯坦布尔酒店被德军流弹击伤……

之后，活了97岁安详地死于拉德韦村的亲戚家里。

这本书所讲的1453年君士坦丁堡的陷落，与“梁元帝之死”“崖山之绝望”一样，是重要历史时期结束的标识性事件，乃至影响了今天国际格局的生成。

与历史的无常相比，这样的历史节点更令人悚惧，它们是因果律，是所罗门裁定，又是新的机会窗口与合法性。

历史就是现实的阴鸷诅咒。

二〇一八年十二月三十日

读《小王子》

〔法〕安东尼·德·圣埃克絮佩里 著

《小王子》。法国乃至世界上最为著名的童话小说。作者安东尼·德·圣埃克絮佩里曾在第二次世界大战期间在法国空军服役。之后，在纽约流亡时写出《小王子》。

一粒微尘 五类蠢货

日常生活中，只要稍微留意一下，就会发觉身边的人无外乎以下几类：

一、弄权者。怕我的人越多我越成功。

二、生意人。全部生活乐趣在于积累财货。

三、虚荣者。面子和优越感至高无上。

四、僵尸学者。一辈子研究人生理论而无果。

五、工蚁。生命最高意义即按照钟点搬运米粒。

《小王子》里面的小王子分别在五个不同的星球上发现了这五类蠢货，最后来到地球，却绝望地发现地球社会正是由这五类人共同组成的（111个国王、成千上万的资本家、数以亿计的工蚁……）。熙熙攘攘之中，五类人之间的相互“驯服”构成了地球人类的丛林生存法则。

小王子对此唯一的感慨是“无趣”。但他已经困滞于非洲沙漠，整日与蛇为伴，回不去自己的星球了。

《小王子》作为一部伟大的寓言经典小说，其独特价值之一是它的域外视角。由于小王子是外星球人，以他的目光观察地球，才让我们会心讥诮的同时，不能不产生一种难堪的羞愧。

读这部小说时，我不禁想起关于“旅行者1号”飞离太阳系的一则报道。NASA的科学顾问卡尔·萨根坚持要“旅行者1号”在飞离太阳系边缘回望地球时拍摄一张照片。在这张迷蒙昏暗的宇宙图片中，人们震惊地发觉地球不过是一粒几乎看不见的光点，而我们大家此刻就生活在那个光点上面，每个人都正在被各种自以为是的宗教、意识形态和经济学说所折磨。

但你看见了吗？我觉得小王子在问我们——那只是一粒悬浮在阳光中的微尘啊！

《小王子》的作者安东尼·德·圣埃克絮佩里是一位二战时的法国飞行员，最后死于对德空战。他死后这么多年，我们依旧与五类蠢货共存共荣于这粒微尘之上——其实，不妨打量一下自己，我们真能确定自己是个例外的蠢货吗？

图书在版编目(CIP)数据

君子豹变：我的读书笔记（2016-2018）/ 樊国宾著
.--北京：作家出版社，2019.6
ISBN 978-7-5212-0582-4

Ⅰ. ①君… Ⅱ. ①樊… Ⅲ. ①散文集-中国-当代
Ⅳ. ①I267

中国版本图书馆CIP数据核字（2019）第109490号

君子豹变：我的读书笔记（2016-2018）

作　　者：樊国宾
责任编辑：李　夏
装帧设计：视觉共振设计工作室
出版发行：作家出版社有限公司
社　　址：北京农展馆南里10号　　**邮编**：100125
电话传真：86-10-65067186（发行中心及邮购部）
86-10-65004079（邮购部）
E-mail: zuojia@zuojia.net.cn
http://www.zuojiachubanshe.com（作家在线）
印　　刷：北京中科印刷有限公司
成品尺寸：130×185mm
字　　数：100千
印　　张：9.75
版　　次：2019年 6 月第 1 版
印　　次：2019年 6 月第 1 次印刷
ISBN 978-7-5212-0582-4
定　　价：49.00元

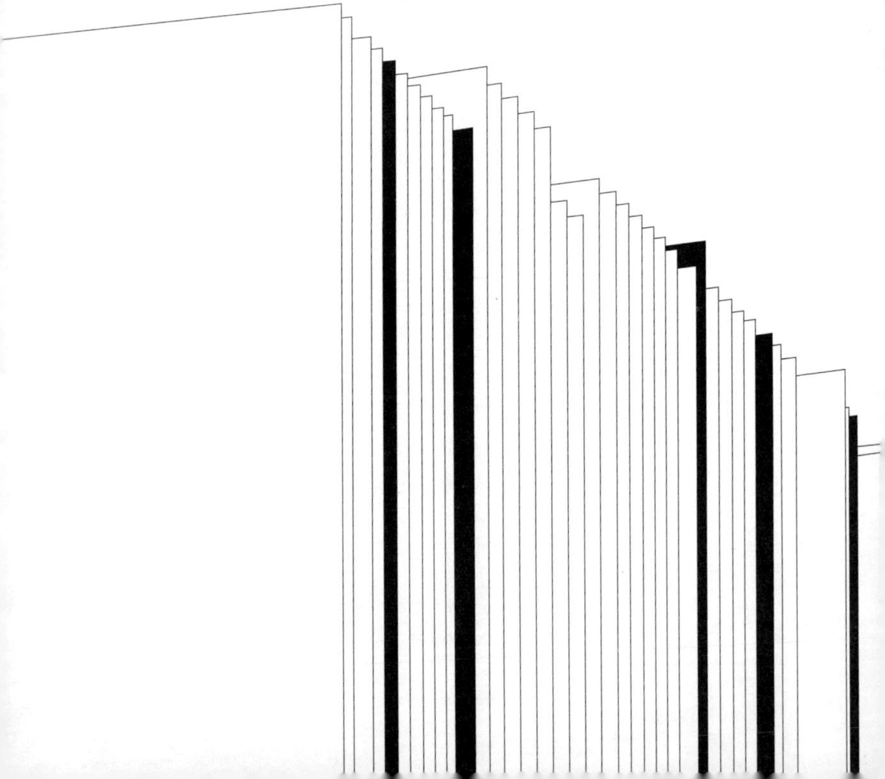